高濱虚子
並に周囲の作者達

mizuhara shūōshi
水原秋櫻子

講談社文芸文庫

目次

高濱虚子

並に周囲の作者達

一　渋柿社

大正九年の晩秋、高濱虚子は脳栓塞を患って、暫く選句の仕事を捨てなければならなかった。当時虚子選の主なるものは、ホトトギスの雑詠及び国民新聞の俳壇で、後者は民友社に縁の深い篠原温亭が直ちに代選したが、ホトトギス雑詠は代って選を担当し得る人がなかった。舞台が大きかったからである。

虚子の病は、はじめ脳溢血と診断され、新聞はそのとおりを報じたので、当時ホトトギス及び国民俳壇によって新発足をしようと思っていた私は、足元の土の揺らぐが如き不安を感じた。

その日までの私の句歴はわずかに一年半ほどで、語るに足らぬものであるが、ここで受けた教育は、しばらくのあいだ作句に影響し、ここに得た見聞には、今もわすれ得ぬものがあるので、略記して置くのもあながち無駄ではないかも知れない。

私の作句動機は偶然のもので、大正七年の末東大を卒業し、研究のために入った血清化学研究室の助手緒方春桐からすすめられたのである。私は中学時代から文学志望であったが、家の医業を継ぐために文科受験を許されず、興味なき医科に入ることとなったので、暇さえあれば文学書を耽読して僅かに自ら慰めていた。殊に熱中したのは短歌で、当時さかんに上梓された歌集を悉く読み、多くの短歌を諳んずるまでに至った。

俳句には全く関心がなく、一高時代の数学の教授に数藤五城がいたり、同級生に鳴雪の次男内藤和行がいたりしたが、一冊の句集を手にとって見るほどの気持にもなれなかった。河東碧梧桐が新風を捲き起した「三千里」を書店の棚に眺めても、その新風を知りたいとも思わず、俳句は専ら時世におくれて閑寂趣味を追うものであり、そこから発した新風にも、何ほどのものがあろうかと考えていたのであった。

ところが、東大の二学年の試験前、図書館で勉強しつつ、退屈のあまりに借りて読んだ高濱虚子の著書「進むべき俳句の道」は、私の俳句観を全く訂正せしめる内容を持っていた。それはホトトギスの主要作者の句を評釈したものであるが、中でも渡邊水巴、村上鬼城、前田普羅、飯田蛇笏などの句には精彩があり、殊に新進原石鼎の華麗にして新鮮なる作風は私の心をつよく惹きつける力があった。「今日の俳句とはこのようなものか」と思い、私は試験勉強を忘れてその書に読み耽った。

その後半年ほど私は書店からホトトギスを買って読んだ。興味のあるのは依然として石鼎の句と虚子の文章である。虚子の文章は俳句とは別に、一高時代から気をつけて読んでいた。殊に感服したのは「鶏頭」に収められた「風流懺法」「斑鳩物語」、また「凡人」に収められた「三畳と四畳半」などである。その文章は実に簡潔で、明快な描写力があり、当時外国文学の影響の多い小説の文体の中で、純日本流ともいうべき感じのものであった。「俳諧師」も読み、「朝鮮」も読み、「柿二つ」も読んだ。虚子はそれ等の小説の仕事を終ってから、また俳句に戻って来たので、私の読んだホトトギスに載っていたものは、随筆或は評釈の類であるが、それでも他の執筆者の到底及ばぬ筆力を持っていた。

こうして、俳句に関する知識をいささか貯えたときに東大を卒業したのであるが、さて血清化学教室に入って、助手の春桐から俳句をすすめられても、私はまだ気が進まず、依然として短歌の方につよい魅力を感じていたのであった。

春桐のすすめる俳句会は、木の芽会と称して医学部の卒業生のみを会員としていた。その一人である南仙臥が松根東洋城門下で、「渋柿」の選者の一人であるため、会も自然渋柿の傘下にあった。そうして仙臥の他には、やはり渋柿の選者である野村喜舟に指導を依頼していた。

はじめ春桐と私とのあいだには次のような会話が交された。

「渋柿というのはきいたことがないが、やはりホトトギスに属している雑誌なのかね。」

のである。

「多分そうだろう。」春桐は自分達の句会が俳壇的にどの分野に属するかも知らなかったのである。

「すると主宰者は何という人?」

「松根東洋城さ。」東洋城という名前は私もかねて知っていた。夏目漱石の文中にときどき出て来るからである。だからやはりホトトギスの一員のようにも思われるのだが、私の読んだホトトギスに東洋城の名は出ていなかった。して見れば東洋城はホトトギスと関係がないのかも知れぬ。私は同じ俳句を勉強するならば、原石鼎のいるホトトギスがよいと思うのだが、春桐は東洋城とホトトギスとの関係を知らぬらしい。

「君、東洋城って人に会っているのかい?」

「いや、まだ会ったことはない。」だんだん話が心細くなって来た。しかし春桐は語を継いでいう。

「だけどね。君は衛生教室にいる石黒を知っているだろう? あいつ巴童っていう号なんだが、渋柿の例会へ行くといつも最高点なんだ。だから木の芽会だって立派なんだぜ。いまにきっと東洋城も来るさ。」

そんな話の後に、私はとうとう春桐の自宅で催される木の芽会に出席することになった。そこで私は仙臥と喜舟とに会った。仙臥は私より一級上で、当時産婦人科教室にいたのだが、出身の高等学校がちがうので、私は顔を見憶えて居なかったのだ。喜舟は三十歳をややすぎていたであろうか、温厚な市井人という感じの人であった。

　私にはこの俳句会がおもしろかった。短歌にはなお心を惹かれているものの、正式に短歌を学ぶ機会は得られそうもなかったので、当分俳句で我慢しようという気になった。尤も成績が割合によく、仙臥、喜舟の選にも一句ずつ入選したことが、私に安心を与えたためかも知れない。

　春桐は、やはり私の一級上で、高等学校も同じであるから、教室では親切に研究の指導をしてくれた。しかし一面には辛辣な批評を試み、それを自ら楽しむという風のある人で、根は何も無いのであるが、その辛辣さが私を反撥させることがあった。俳句もはじめの中は私の方が好成績なので別段のことはなかったが、次第に実力の差が現れて来ると、容赦なく酷評が飛び、私はそれを可笑しく思いながらも発憤せずには居られなかった。そこでどうしても春桐を圧倒しようというので、あらゆる句集や文献を読みはじめ、次第に俳句に深入りするようになって行った。

　東洋城の出席を乞うて、木の芽会が旺んになって行ったのはその年の秋で、その頃になると私は渋柿社の例会にも欠かさず出席するようになり、翌年の春は桐生に於ける大会にも参加した。しかしこれは木の芽会の一員としては熱心であったというだけで、俳句結社の一員としてはまだまだ遥かに勉強が足りないのであった。その頃の渋柿の代表欄である東洋城選の「巻頭句」は五十句応募することが出来るのであったが、私は五句投句したり、時には五句に足らなかったり、或は一句も出来ずに休んでいるような状態であった。

私は渋柿に属しつつ、なおホトトギスを読んでいた。そればかりか前よりも一層つよくかけていた。普羅の句は静かに沈んでいるが、底には鋭いものを潜めていた。蛇笏の句もホトトギスに傾倒して行った。石鼎のひたぶるな精進は、その天与の才にますます磨きを次第に豪宕の趣きを加えて来たようである。それに古風を守って鬱然たる鬼城の重さもあった。渋柿にも小杉余子、尾崎迷堂、それに喜舟と、閲歴も手腕も劣らぬ作者が揃っているのだが、取材の範囲が狭く、表現にも共通の癖が見えるようである。これは虚子と東洋城の指導の相違によるものと私は考えた。余子の句を見て、その手堅さに感心し、喜舟の句を読んで瀟洒たる姿を喜ぶものの、やはりホトトギスの純粋な写生から発散する自然の息吹きの方が美しく思われた。石鼎は殊にするどい眼を持っており、その句は自然の深奥の美を探り来って、これを奔放なる表現によって読者の眼の前に描いて見せるようなものであった。私はやがては全面的にその力に牽き附けられることを明確に感じていた。

渋柿の中にも次第に話し合う人達が殖えて、その話題としてホトトギスの取り上げられることもしばしばあったが、それは悉くホトトギスに対する反感の表現で、殊に次の話が繰り返された。

虚子が小説の執筆に専念し、俳句から遠ざかっていたとき、恰も碧梧桐の新風が俳壇を席巻して、ホトトギス流の俳句は振わず、雑誌も衰微して行った。そのときに虚子に代って国民俳壇を担当し、定型派の孤塁を守ったのが東洋城で、幾多の新進もここに養育されたのであったが、虚子は小説の筆を捨てて俳壇に戻ると、すぐに国民俳壇を取り戻し、東洋城には何の挨拶もなかったというのである。

　さすがに東洋城は一言もこの事に触れたことはなかったが、虚子に対する憤りは常に激しく胸に燃えているようであった。私はこの問題の真相を全く知らないので、或は其処に何かの行き違いか誤解などがあり、互にどうにもならぬ立場に立ったのではないかと思われるのであったが、とにかく東洋城の純粋一徹な人柄は信ずることが出来た。そうしてそれを信ずるだけに、私はホトトギスに傾く自分の心を悲しんだのであった。

　次のようなことがある。月例句会の席上で、「痢して見る松葉牡丹の色濃さよ」という句が高点を得た。作者は安達白峰という人であった。この人は元来ホトトギスに属していて、その「啄木鳥や木に耳つけてまたゝく兒」という句は、芥川龍之介が何かの文章の中でほめている程だが、どういうわけか一二回渋柿社の会に来たのであった。

　句会が終ってから七八人が残った。そのとき東洋城が言った。「あの句はなかなかするどい感覚で詠まれているが、痢して見るがいやだ。あれはホトトギス式の言い方だからね。」そういうときに、東洋城の眼が度の強い近眼鏡の奥ではげしくひかるようであった。それにつづいて、白峰がなぜこの会に来るのだろうかということが詮索された。白峰の気持は結局どうであったのかわからなかったが、その時を終りとして来ぬようになった。私にはなぜかこの事が心に残った。

大正八年に東洋城は朝日新聞の俳壇を担当するようになり、虚子の国民俳壇と対抗する勢いを示した。私はこれに休みなく投句して、やや認められたので、東洋城居の句会に出席することを許された。この句会は一週一回開催されたが、午後七時頃から翌日の午前一時頃まで、暇なく課題して作句するのである。この句会に於て私は句を表現する力を貯えることが出来た。

夏も終りに近づいた頃、有志の者で赤城山へ登ろうという話がもちあがった。東洋城も賛成である。私もかねてから赤城へは登りたいと思っていたので、一行に加えてもらうことにした。

前橋口から登るのが最も楽であるが、足尾線で水沼駅までゆき、そこから登る道の方が近くもあるし景も好いということを、途中で加わる桐生の人達から言って来たので、そのコースをとることになった。桐生は渋柿派の最も旺んなところである。

東京を出た頃から曇っていた空が、足尾線に乗り換えると雨となり、いよいよ水沼口を登りはじめる頃は篠突く豪雨となった。私は雨外套をもっていたが、それをすっかり浸みとおしてしまう降り方である。そのうえ一行には知人が殆んどいないので、私は寒さに耐えつつ、少しおくれて登って行った。

びしょ濡れになって頂上の猪谷旅館に着き、まず服を炉に乾かすとすぐに句会になった。食事がすむと又句会である。そうして夜更けまで雑談がつづいた。

桐生は渋柿の堅い地盤であるが、気風があらいので、渋柿以外の他派は一切足踏みをさせぬと豪語する人達ばかりである。従ってホトトギスへの反感は頗るつよく、国民俳壇の問題も蒸し返されたが、次のような話が私の耳にのこった。

国民俳壇のことが契機となって、東洋城と虚子とは全く相反する立場になり、新たに渋柿が生まれた頃のことである。東洋城が桐生へ来て、その帰途の電車が館林に着いたとき、吟行戻りのホトトギスの一行が同じ車に乗り込んで来た。石鼎もいたが、これは渋柿派とは何の関係もない。次に虚子の甥である池内たけしが乗ったが、穏かな人柄ではあり、東洋城とも旧知なので普通の挨拶があった。ところへはいって来たのが長谷川零餘子である。零餘子は国民俳壇を東洋城が担当していた頃の主なる作者で、東洋城には一方ならぬ薫陶をうけていたが、虚子の俳句復活と同時にホトトギスへ去ってしまったのだという。東洋城と顔を合せた瞬間、零餘子は緊張の色を見せたが、それでも東洋城の前に来て丁寧に挨拶した。しかし東洋城は無言で挨拶を返さなかったので、零餘子は眼のやり場に困り、別の車に去ってしまったという――

こういう話を、私はこれからはいって行こうとする俳壇の一挿話として聞いていた。愛憎のはっきりした東洋城らしい事だと思った。人々はいまもその情景をまのあたりに見るが如き昂奮を示していたが、零餘子にはまたホトトギスへ移るべき言い分があったのかも知れぬ。東洋城は一人黙して何も言わなかった。

翌日空はよく晴れ、山上にはさすがに初秋らしい涼気が漂いはじめた。桐生の人達は午後下山したので、猪谷旅館には東洋城と三人の弟子だけが残った。一人は一年前に渋柿に加わった人、一人は若い工学士で、これから俳句の道に入ろうとしている人――だから私が古参の弟子という恰好になって、三日間山上を歩き廻り、夜になると句を清記して東洋城の選を受けた。東洋城は長身で、頗る健脚であった。

小沼から地蔵岳に登り、その頂上で休んでいるときであった。ここは狭い草生で、小さな石の祠が据えてあり、傍らには龍胆が咲いている。一方にはいま見て来た小沼があり、一方には大沼が真青に澄んで、黒檜山がそこに影を沈めていた。

若い工学士は手帳を出して私に句を示した。それはこの眺望を詠んだものであるが、景の描写が殆んどなく、概念的な内容のものであった。私はその手帳を返しつつ、作句に描写の大切なことを話した。それは登山の一行のうちで、自分に最も親しい気持をあたえた人に対する友情のあらわれであったが、そのうちに次第に熱心に景の描写を説きはじめた自分に気づいておどろいた。景の描写はホトトギスの指導法であり、それに反対する東洋城がいまここに立っているのである。私は自分の軽率を恥じつつ口を閉じてしまった。

帰京する日の午前に、敷島口と前橋口といずれに下りるかということが問題になった。私はどうしてもその日のうちに帰宅すべき用を持っていたので、二里近い敷島口をとりたかった。東洋城は伊香保へ立寄るので、どちらでもよいという説であったが、道のなだらかである点をとって前橋口下山に決定した。その山道を、どうしたことか踏み迷い、前橋に着いたのは辛うじて東京行の終車に間に合う時刻であった。私はそこで伊香保へゆく三人とわかれ、高崎行の列車を待ったが、気の焦っていた為、先にホームに入った桐生行に乗ってしまい、とうとう一人桐生の旅館に泊ることになった。

帰った後も私は東洋城居の句会に出席し、朝日俳壇にも投稿をつづけたが、自分の目ざすものと渋柿の句風との間に存する距りがますます拡がって行くのを感じた。

木の芽会も毎月開かれたが、その十月の例会のときであったと思う。東洋城から提議があった。

「互選ばかりつづけていてもつまらぬから、今度こういうことをして見たい。諸君が坐っている前に、自分が一つ宛紙に書いた題を置く。それは季題ではなくて、まず禅の公案のようなもの、たとえば——一鳥啼いて山いよいよ幽なり。その時一鳥啼かず、如何に——というようなものです。諸君はそれによって句をつくり、私のところへ持って来たまえ。」

「すると先生はどこに居られるのですか」と一人がきいた。

「私はどこか別の室にいる。そこへ出来た順に句を持って来て読む。一度で通過すれば又次の題を出します。通過しなければ元に帰ってまた詠みなおす。まあ、公案によって坐禅をするようなものと思えばいい。どうです、この次にやって見ようじゃありませんか。」

それに対しては誰も答えるものはなかった。春桐は頤をしゃくりながら、にやりと笑って私の方を見た。

翌日、私は研究室へ行くと、春桐に向って木の芽会を脱退したいと申し出た。

「ゆうべのことでおどろいたな。あんなことは嘘だよ。やると言ったって俺が反対する。」

「いや、やるにしろ、やらないにしろ、僕はもう木の芽会に出席しない。」

「するとお前は俳諧をやめる気か？」春桐はわざと俳句を軽んずるように、「俳諧」という癖があった。

「やめはしないよ。ホトトギスへ行く。」

「誰か向うに知った奴でもいるのか？」

「いない。ひとりでやるつもりだ。」

「ばかだな」と、春桐はさも軽蔑したように、「お前なんてホトトギスへ出したって入選するわけはないさ。」

ホトトギスの雑詠に入選するのは非常にむずかしいものだというのが、当時の常識で、それは渋柿に属する私達にさえ、どこからともなくつたわって来るのであった。第一「雑詠」という無造作な（ぞうえいと読むのが正しいのであろうが、そうは読まずに、ざつえいと読んでいた）名称が、却て何か権威あるが如くきこえるのも不思議であったが、それは鬼城、石鼎などの秀作がそこに並ぶために、自然に備わった光であろうと私は思った。

一年に一句載れば、地方では何の某と言われる作者になるとか、三年目に一句載った某は赤飯を炊いて祝ったとか、いろいろな伝説も附随していた。仙臥はそういうことをきくと、いつも

「なにホトトギスの雑詠なんてわけはない。三句位入選するのはすぐだよ」と言った。事実彼は三句入選した経歴を持っているのである。喜舟は一層良好な成績をあげ、「進むべき俳句の道」にも記載されている作者であるが、こういうことに就ては黙々として語らなかった。虚子と東洋城とまだ親しく往来している時には、ホトトギスにも投句したのだろうが、決別して渋柿が独立した以上、ホトトギスのことには触れたくないという気持と思われた。私は、赤飯を炊く話など一笑に附したが、さりとて雑詠入選を容易いこととは考えなかった。殊に鬼城、石鼎などと句の並ぶ日はいつのことかと、そぞろに心細い感じさえおこるのであった。

春桐は、仕方ないという表情になって、

「お前がやめるとなると、俺も実はつづける気がないんだよ。」

「僕のために君までがやめるのは悪いね。」

「生意気言うな、お前のためにやめるんじゃあない。俺はもともと俳諧なんて下らないと思っているんだ。」春桐はいつもこういう言い方である。自分が作句をすすめながら、俳諧なんて下らぬと言い得る義理ではないのだが、彼はそれを平気でいう。しかし本心はそ

れほど無責任でないことが、私にはよくわかっていた。

その時、研究室のドアがあらあらしく開いて、はいって来た一人が

「ほう、先生俳諧をやめるのか、面白い。やめろ、やめろ」と大きな声で言った。それは同じ研究生の高野与巳（後の素十）であった。彼もまた春桐を真似て「俳諧」と言った。

「さっきからどこにいるかと捜したら、こんなところでくすぶっていやがる。それだから空気がしめっぽくなるんだ。さっさとグラウンドへ出かけよう。」

春桐と高野と私の三人は野球好きで、よく六大学の試合を見て歩いたが、自分達でも軟式のチームを作り、同じ医科の他教室と試合をした。それがひろがって医科全体に軟球熱が昂じ、終には春秋のリーグ戦を行うことになり、血清化学教室チームは最初の優勝盃を得た。高野は投手、私は捕手、春桐は三塁手で主将であった。それで少しでも研究のひまがあれば運動場へ出かけるのである。研究室は三田定則教授が主任であり、古畑種基助手と春桐とがこまかい指導に当っていたが、まことに自由で和気があふれていた。

「まあ待て、話をすませるから」春桐は煙草を喞えながら、「そうなればそれだけの始末をつけなければならぬからな」と仔細らしく言った。

「うん、それは僕だって一年以上教えられたのだし、君達は喜舟さんにもっと世話になっているのだろう？」

「まあ通算二年位だ。はじめから会員は五人だから、あとでそれに相談して見よう。仙臥

だってこの頃はあまり熱心じゃあないから、不賛成の奴は居ないと思う。」

「そうだ、さっさとそう決めろ」と、又高野が傍から言う。彼は春桐の家の隣に住んでいて、夜など春桐の家に話し込みに来る。そういう時にたまたま俳句会にぶつかると、不思議そうな表情をして、席題を書いて欄間に貼りつけた紙を見ては帰ってゆくのであった。

「それじゃあ、仙臥と相談して一度集ることにしよう」と春桐は終に話をきりあげた。

四五日すぎて石黒巴童の家に木の芽会員が集った。一番末輩の私の言い出したことで会が解散になり、而も私はホトトギスへ投句をはじめようというのだから、まことに顔向けのならぬことであるが、その場の空気は少しも窮屈なものではなくて、話はなごやかに運んだ。つまりは誰も木の芽会に飽き、俳句に対する執着がなかったからであった。

「東洋城先生も喜舟さんも芝居が好きだから、ただなんとなく芝居へ招待して、俳句の方は有耶無耶のうちにやめるというのはどうだろう。それが一番無難だと思うけれど――」

こういい出した指導者の仙臥の言葉に皆がすぐ賛成した。

「そこで芝居だが、いま羽左衛門はどこに出ている?」

「歌舞伎座だよ。しかし狂言はつまらないのだがね。長崎土産唐人話、それから太十――」

「いや、狂言はともかく、羽左衛門さえ出ていればいいんだ。先生の句に――この優や贔負随一白椿――というのがあるんだから」

「ふふふ」と笑って芳洲が言った。「もう一つある。——くれなゐや牡丹の花と吉右衛門——これはどうも俺にはわからない。吉右衛門と牡丹の花というのはね……」

　それですべてが決まり、歌舞伎座の見物が済んだ。後に東洋城と喜舟から丁寧な礼状が来て、それを私は春桐から見せられた。

「どうも少しわるかったな」と春桐は言った。「こうなると、いっそはっきりして置いた方がよかったかも知れない。そこでお前はいつからホトトギスへ句を出しはじめるのだ。」

「早速出そうと思っている。しかし無論すぐには載らない。」

「何年計画だ？」

「三年、三年でだめだったらやめる。」

「気の長いことを言うね。まあ四五ヵ月したら載るようになるだろう。」

　それから私は、日曜祭日はいうに及ばず、少しでも暇があれば郊外を歩きはじめた。秋晴れがつづいて西の郊外は殊に美しかった。三鷹、境、国分寺あたりには、まだ随所に武蔵野の面影がのこっており、芒叢の中には姿のよい赤松が立っていた。朝起きて青い空を見ると私は句帖をポケットに入れて家を出、荻窪あたりを歩き廻ってから研究室へ行った。

「遅いぞ、また俳諧か。」高野が言う。

「困った奴だ。仕事なんて放り出しだからな。尤も俳諧は俺がすすめてやらしたんだが、こうなるとは思わなかったよ」と春桐がつづける。そうして三人連れ立って、赤門前の洋食店へ昼飯を食いに行くのであった。

こうして詠んだ俳句を、ホトトギスの雑詠と国民俳壇とへ出して置いたのだが、まだどちらの選も発表されぬうちに、虚子罹病のことが新聞に載ったのである。私はひどく落胆したけれど、また勇気を振いおこして勉強をつづけた。そのうちに温亭代選の国民俳句に一句入選したので、早速その新聞を春桐に見せた。春桐はただ「ふん」と言っただけであった。

二　ホトトギス雑詠

虚子は、はじめつたえられた脳溢血ではなく、軽い脳栓塞であった為、間もなく健康を回復し、大正九年のはじめから、国民俳壇に選句が載るようになった。私の句も一句、時には二句選ばれていた。ホトトギスの方は雑詠であるが、国民俳壇は課題が発表され、それによって詠むのであった。

四月のある夜、銀座を散歩して書店に立寄ると、ホトトギスが出ている。目次に「雑詠虚子選」という活字が大きく見えるので、息をのむ思いでその頁をひらいた。一句載って居ればよいと念じながら見てゆくと、私の名は三頁目にあって四句選ばれていた。尤もこれは二ヵ月分の投句がまとめて選された為であるが、それにしても四句は思いがけなかった。これで春桐に対する面目も立ったと思ったが、今度は雑誌を見せる気にならず、翌日そのことだけを報告した。

「やったな。」春桐はただそれだけを言った。

国民俳壇は、ホトトギス雑詠よりは幾分寛選で、花曇という題詠のときまた四句載った。そこで私は虚子に手紙を書き、ホトトギスの一作者として勉強をしたいという挨拶をした。無論返事などはないと思っていたところ、二三日して返事が来た。それは巻紙に筆で書かれた丁寧なものであった。私は草深い中に、はっきりした道を見出したような思いであった。

ホトトギスの月例句会に一度出席したいと思った。まだ写真でも見たことのない虚子という人にあう興味もあった。なにかの文中で読んだ記憶によると、小柄な痩せた人であるようだ。なるほど小説の筆致などから考えればそのように思える。東洋城も痩せた人であったが、丈は高く立派な顔立であった。あの人の怒りを正面から受けとめている虚子は、痩せて小柄でありながらも、それだけ腹が据っているのであろうなどと、私はいろいろに想像をめぐらすのであった。

会場はホトトギス発行所（牛込船河原町にあり、虚子は鎌倉からかよっていた）にちかい神楽坂倶楽部で、五十名ほどの人が雑然と坐っていた。句会の様子はすでに渋柿の例会によって知っていたが、ホトトギスの方も何の変りはなかった。句風によって見れば平均七八歳の年齢の差がありそうに思えるが、当時二十九歳であった私より若い人はかぞえる程しかいない。私はこの会場の空気にいささか意外なものを感じた。

やがて中央に着席した人が虚子であることはすぐわかった。想像したよりは、頰のあたりがやや肥え、無髭と思ったのが有髭であった。私はその周囲の静まるのを待って、虚子

の前に行って挨拶した。虚子は落着いた口ぶりで
「あなたは医科だそうですが、中田みづほ君を知っていますか」と言った。私の医科出身であることは前の手紙の中に述べて置いたのである。

中田みづほは、私より一級上の卒業で、近藤外科教室の助手であるが、秀才であり、近藤教授の信任厚いことは、私等の耳にまで伝っていた。この人がホトトギスの作者で、嘗てあった東大俳句会の一員であることを私は知っていたが、当時は作句を休んでいたし、それに医学嫌いの私は、いかにも秀才らしい風貌を持つみづほを訪ねる気もしなかったのであった。

「中田さんにはまだ会ったことはありません。」

「そうですか、一度会ってごらんになったらどうです。そうしてまた作句するように勧めて下さい。」

「近いうちに会って見ましょう」といって、私は虚子の前を引き下がった。

句会の互選成績はわるく、虚子の選にも入らなかった。それればかりではない。「畳いたく焦げたるあとや窓若葉」という句はたしかに聞きとめたのであったが、その句の作者石鼎がどこにいたかは、遂にわからずに帰った。

国民新聞社の俳句会にも出席した。この句会の成績はすぐ翌朝の新聞に載り、而もスペースが広くとってあるので、それが大きな魅力となって、ホトトギス社の例会よりも出席

者が多く、七八十名に達していた。虚子選と温亭選の句のほかに、互選高点句も載るのであるから、出席者は披講の一句をも聞き洩らすまいと緊張していた。

その後のホトトギス雑詠に於ける私の成績はわるくて、たいていは一句入選であり、稀に二句。時によると落選することさえあった。国民俳句の方はやや良好で、二句或は三句というところであった。

毎月二つの会に出席して、次第に作者の顔も憶え、四五の人とは挨拶を交すようになると、私は二つの会の空気がかなりちがうことに気づいた。ホトトギスの場合には虚子を中心としてよく纏り、虚子の甥である池内たけしや、大畠一水が会を切り廻しているが、国民俳句会になると、虚子を中心とする空気が非常にうすれて、むしろ温亭を中心とする色彩が濃くなるようであった。温亭はまことに温厚な人柄で、且つ国民新聞に長く勤めていた関係によるのだろう、その周囲には、殆んどホトトギスの例会に顔を見せたことのない十人ばかりが集っていた。そうしてそれを代表するのが、国民新聞の文芸部にいる島田青峰で、披講は常に青峰によって行われた。虚子は出席するけれども、たいてい遅刻し、披講が終れば直ちに帰るという有様であった。

田端の大龍寺で催される子規忌にも出席した。さすがに年一回の句会であるから、百四五十名が集り、庫裡の襖をとり払って会場がつくられる。平素他の会には全く姿を見せぬ古参の人達もこの会には顔を見せて、披講の役を担当するのであった。

すべての会を通じて私の不思議に感じたのは、批評が全くないということであった。互選が了り、幹事が立って、誰何点、誰何点、以下略と報告すると、忽ち会衆は散じてしまうのである。選者の批評もなければ、選者に対する質疑もない。誰も彼も、選者の選に入ることと、互選の高点とを得るほかに何も考えぬらしい。これでよいものであろうかと、私は不思議に堪えないのであった。

その頃のホトトギス雑詠には、鬼城、水巴、石鼎、蛇笏等の句を見ることが少なくなっていた。鬼城はすでに年老いて根気がつづかぬのかも知れぬ。普羅は隠遁的の性格があり、作句を休んで静思しているらしい。しかし水巴、石鼎、蛇笏などは最も力の充実している年輩であるから、句の出来ぬ筈はないのであるが、皆自身の主宰誌をもったために、主としてその方に力を注ぐのだと思われた。私は水巴の「曲水」も、石鼎の「草汁」も、蛇笏の「雲母」も殆ど見たことはないので、これ等の先輩の作品に接し得ぬことがさびしかった。しかし考えて見れば、これ等の先輩としても雑詠に出句して、次第に擡頭する新人の下位に列するのは、快く思わぬ筈である。ホトトギスに於ては、雑詠入選句数の多寡は絶対のもので、いかなる秀作であろうとも、一句入選は凡庸の三句入選に及ばぬのである。標準すれすれに入選した句と、後世まで残り得る佳句とを見分け得る人はなく、また見分けようともしないのであった。

すべては批評のないことが因であった。批評が行われて、量より質のすぐれたることが認められれば、先輩もまた喜んで出句するのではなかろうか。誰か批評の必要なることを虚子に進言するものはないのかと、私は思った。しかし私などが叫んだところでこれはどうなる事でもないし、或はまた先輩の心事は、私の考えとちがうものかも知れなかった。

雑詠で最もよい成績をあげたものは西山泊雲で、巻頭は常に彼によって占められた。巻頭とは第一位のことである。泊雲は丹波の寒村に住み、酒を醸造していた。その酒は虚子によって「小鼓」と命名され、ホトトギス発行所でも取扱っていた。泊雲は人となりまことに重厚で、句の表現には殆ど技巧がなく、ただひたすらに写生写生と心がけていた。それゆえ句には間違いはないものの、あらゆる点に於て飛躍がなくて、読んで退屈を感ずるようなものが多かった。山崎楽堂は実作者としては現れず、ホトトギスには珍らしく批評眼を持った人であったが（この頃は殆どホトトギスに筆を執っていない）泊雲の句を評して、「実に愚かな句をつくる。その愚や及ぶべからず」と言った。ここに愚かというのは真面目という意味で、楽堂は泊雲の態度に多分の好意を寄せていたわけである。

泊雲の弟に野村泊月があって、京都に住んでいたが、この頃は未だ遥かに泊雲に及ばなかった。同じ京都の田中王城も、古参者ではあるが泊月と同じクラスである。ただここに京大三高俳句会というものがあって、それに属する鈴鹿野風呂、日野草城がようやく擡頭せんとする気勢を示していた。

東京には虚子の甥池内たけしがあり、一種淡々たる風格の句を示すけれど、俳句以外の文学に理解のないことが欠点であった。鎌倉の島村元《はじめ》は句風に品格があり、一部には虚子の後継者と目されていたが、病弱のために臥床をつづけている。わずかに鈴木花蓑という作者があって、写生句に新らしき領域を開拓するかという期待を持たせるが、句会には全く姿を見せぬので、その風格を知る者が無かった。こうしてホトトギスの句は総体的に沈滞の色濃く、大正十年も過ぎんとしていた。

晩秋の或る日曜に、国民俳句会は武蔵野吟行を催した。美しく晴れた日で、集合地と定められた井の頭公園の林には、まだほうけぬ芒の穂がきらめいていた。ふと見ると多摩川上水に架けられた橋の袂で虚子に挨拶をしている人がある。すでに四十をすぎた年輩で、がっしりした体軀ながら丈は低く、羊羹色になった木綿の羽織をつけていたが、おどろくべきことには麦藁のカンカン帽をかぶり、それが眼に立つほど日に焦げているのであった。これが花蓑であると人から聞かされ、私はいささかおどろきつつその姿を見守った。

吟行の一行は、冬芒という題をわたされて、上水の堤づたいに国分寺まで歩き、ある寺の庫裡を借りて句を互選した。ここでも常の国民俳句会の如く、温亭をめぐる人達に談笑の声が湧き、虚子の傍にはたけし、花蓑などが黙々と句稿に眼を通しているのみであった。

大正十一年の四月、全国医学会の大会が京都で開催されることになった。私達の研究していた血清化学もその一部門で、教授以下講師助手等は皆出席する。研究員の中でも研究の結果を発表する人は同行するのであるが、発表すべきものの無い人も、見物かたがた出席するのが習いであった。殊に私達の教室には、すでに名ある開業医が博士論文を作るために多く集っていたから、上洛予定の人数も賑かであった。私もその末尾に加わって京都の名所を廻って見たいと思っていた。

出発の二三日前に、ホトトギスの四月号が出て、私の句は四句入選していた。思いもよらぬことでおどろいたが、これは京都行にとっては都合のよい事であった。当時私の弟は京大の産婦人科教室に勤務し、学友の五十嵐播水が京大三高俳句会員であった為、私の上洛が弟を通じて播水につたわり、播水からさらにその句友につたえられて、私のために歓迎会が開かれることになっていたのである。私としては初対面の人ばかりのところへ、一句入選の直後に出かけるよりは、四句入選の方が具合のよいこと勿論である。しかしその投稿は、自信ある句が落選し、自信のない句の方が多く入選していた。

私は、医学会の開会式に列したのみで、すぐ会場を出た。するとそこへ弟と播水とが来ていたので、連立って東山の方へ歩いてゆくと、新しい角帽をかぶった若い学生が向うからやって来た。播水はその学生を私にひきあわせ

「この人山口誓子君といいます。今度東大へはいるので、東京へ行きますからどうぞよろしく願います。」誓子はつよい近眼鏡を光らせながら、「今夜王城さんの家で歓迎句会がありますから、又おめにかかります」と言って聖護院の方へ行った。

私達は四条大橋の傍で食事をした後、弟とわかれ、播水の案内で北野天神へ行って、その池を見ているところへ岩田紫雲郎が来た。紫雲郎は東大法科出身で、当時京都の三井銀行に勤め、京大三高俳句会の指導をしていた。この会は「京鹿子」という雑誌を持ち、その若さを俳壇からたのもしく眺められていた。

それから嵯峨を歩き、夜になって王城の家へ行った。王城は麩屋町三条に住んでいた。家号を寸紅堂という骨董商であるが、店に品物が飾ってあるわけではない。きれいな一間に絨緞を敷いて、そこが句会の席になって居た。

草城は旅行中であったが、他の人達はたいてい集った。十四五人にもなったであろうか。すぐ五六題出て、それで作りはじめた。静かな会であった。締切時間の五分ほど前に野風呂が来た。京都武専の国語科の先生である。題をきくと、「さよか」と言って、見る見る規定数をつくり、互選でも高点を得たのにはおどろいた。こういうのが達吟というのであろうか。しかし、会が果てて、夜ふけた道を帰る人達は次のように話し合っていた。

「野風呂さん、相変らず早う詠みなはる」

「だからこの頃は、前に詠んだのと同じ句が出たりするのや」

私はその夜だけ京都に泊り、翌朝すぐに帰京した。何のための学会行かわからなかった。間もなく誓子も上京し、本郷の蓬莱町に下宿して、東大の法学部へ通うことになった。

三　震災前後

誓子は勤勉な学生で、俳句のために学校を休むようなことをしなかったが、夜はよく私の家に来て句をつくった。誓子を通じて京都の噂もつたわり、私の俳句の視野も次第に拡がって来た。

私はある日近藤外科の医局にみづほを訪ねた。壁には岸田劉生の描いた近藤教授の肖像が掛けてある。私は卒業試験のとき、外科の成績がわるかったので、出入りする助手達の顔を見ると、いささかきまりのわるい思いである。みづほは医局長だから、誰にはばかることもなく、俳句の話をしかけて来る。少し俳句を休んでいたのだが、また投稿しはじめて、五月号には二句載っていた。それがいかにも気の利いた句であったので、私がそれをほめると、みづほは喜んだらしく、いろいろ昔の話をしたうえ、前にあった東大俳句会を復活しようと言い出した。

「よほど盛なものでしたか。」

「いや、それほど皆が熱心ではなかったんだよ。ここの薬局に零餘子がいたろう？　それで会が出来たのだ。」零餘子は薬剤師で、しばらく東大病院の薬局に勤務したことがあるが、それをやめて俳句専門の生活に入ろうとしていた。

「しかしあの会は面白いこともあったよ。虚子先生がまだ酒を飲まれた頃だからね。忘年会では先生も踊るんだ。それがいやにお能がかりでね。」

「ほう、どこでそんな会があったのです。」

「天神の魚十。君は先生の——海鼠笊にあり下女つんつるてん猫へつついにあり——という句を知っているだろう、あれがその忘年会の時の句なんだ。」

そんなわけで、私はみづほから東大俳句会をつくりあげることを頼まれたので、船河原町のホトトギス発行所へ行って、虚子に指導を依頼した。虚子は心よく引き受けてくれて

「みづほ君と君と誓子君、それから富安風生君。それに工学部に山口青邨という人がありますす。この人は俳句の方は知りませんが、この頃文章を送って来ます。それが一寸面白いので、この会に誘って見てはどうですか」と言った。「会場は、夕方からならここがあいていますから、当分のあいだはここをお使いなさい。」

私は喜んで発行所を辞し、その翌日、築地の貯金局に富安風生を訪ねた。風生は課長室でひとり事務を執っていた。それまで二三度国民俳句会で顔を合せているだけで、まだ挨拶をしたこともないのだが、風生は気軽に私の話に賛成してくれた。

「それはいいですよ。そうして集っていればだんだん仲間がふえて面白くなる。」

次の日の昼休みに、私は工学部の採鉱冶金教室へ行った。医学部とちがって工学部はなにかしんかんとした感じである。青邨はここの助教授で一つの部屋をもっていた。私はその中に招じ入れられた。

「いや、俳句はかねがね作りたいと思っていたんですがね、まだ作っていないのです。それで写生文みたいなものを書いて先生へ送ったわけですが、そういう会ならば喜んで参加しましょう。」

こうして第一回の東大俳句会がホトトギス発行所でひらかれた。この家は六間ほどある平家であるが、編輯部に宛てられているのは二間で、その一つである六畳ほどの間には昔風の本箱が置かれ、蓋の正面に「虚子座」と書いてあった。人数がすくないので句会はすぐ終って、あとは雑談になった。みづほが最も古参であり、風生が最も年長者なので、この二人が主として虚子と話した。話題は自然京大三高句会のことになり、野風呂の熱心な話が出た。野風呂は鹿児島の友人と、毎日必ず十句ずつ手紙で見せあうということであった。月にすれば三百句で、それをすでに何年かつづけているというのであるから、おどろくべきことにはちがいないが、私は京都でその速吟ぶりを見ているので、少しも感心する気になれなかった。

「最近の秀句は?」という風生の問に答えて、虚子は「春雷や蒲團の上の旅ごろも」という島村元の作をあげた。これは誰にもよくわかり、格調も整った句である。

次に、池内たけしの「仰向きに椿の下を通りけり」という句があげられ、椿らしい感じが非常によく現れているということであったが、わかることはわかっても、これではあまりに無造作で、初学者でも真似得る句のように思われた。終りに相島虚吼の「青麥に松上の鴉聲長し」という句が説明されて会は終りになった。得るところは多くはなかったが、今までの句会とちがって、直接虚子から指導を受けたことを私達は喜んだ。そうしてこの句会はその後も毎月続けられた。青邨は他の句会には全く姿を見せなかったが、ここだけには必ず出席した。

私は雑詠の成績はあまり上らなかったが、国民俳句欄にはかなりに多く載るようになった。句会にもよく出席したので、自然見知り顔も多くなり、稀には神田の猿楽町にあった家に訪ねて来る人もあった。

夏の発行所句会であったと思う。私は今まで一度も見ぬ人を発見した。大体句会に来る人は市井人の型が多く、句座もみだれがちなものであるが、その人は絽の羽織を着て端坐し、白扇を使っているさまが、まことに涼しげに見えた。年齢は三十五六であろうか、すらりとした姿ながら落着きもあり、選句をしたためつつある筆蹟も美事であった。これが楠目橙黄子とたけしから教えられて、私はなる程と肯いた。橙黄子は朝鮮に在って、常に雑詠の上位を占め、その句も手腕の確かさが思われて、私の記憶しているものが多かったからである。

その後二ヵ月ほど経たある夜、私はすすめられるままに、青山俳句会というのに出席した。これは国民俳句会の温亭を中心とする人達のあつまりで、ホトトギスから見ればいささか異端に属するものである。そこにまた思いがけなく橙黄子を発見して、私は挨拶をした。橙黄子は間組の社員で、京城勤務であったが、今度東京勤務に変ったのだと言った。ここでもその姿は人々とかけ離れて涼しげであった。

ところが、雑談が次第に闌わになると、橙黄子の言葉の辛辣なのに私は一驚を喫した。それを大体青山会の会員がおのおの弁舌にかけては一方の雄と自任している人々である。それを相手に渡り合って橙黄子はすべてを沈黙させてしまった。皆は啞然としてその顔を見守っているほどである。「ホトトギス人無きにあらず」と、私は大いに意をつよくした。

この頃、私は研究室の仕事に全力を注がねばならぬことになった。元来私は家の業を継ぐために産婦人科医局に入るのが当然なのであるが、その前に血清化学を学んだのは、学位論文を作るためであった。そうして小論文はすでに二つ出来ていたけれど、主論文を草すべき仕事をしていない。その研究課題を三田教授から与えられたので、私はそれまでの怠慢を恥じ、なるべく早くこれを完成しようと思った。一方には同輩及び後輩の中から、すでに研究完成に近い人も現れて、あまり長引くことは面目にも関する次第であった。

この研究は毎日長時間を要するもので、私は朝七時には教室に着き、帰宅もたいてい夜の八時頃である。時には仕事の都合で、終るのが十時をすぎた。そうした夜は本郷通りに食事に出かけ、また戻って仕事をつづけるような具合であった。

この状態になっても俳句を怠ることは出来なかった。机上には常に句帖を置き、試験管を孵卵器に入れて置く間は、日曜の吟行によって得た題材を詠みあげた。雑詠の成績も次第によくなったし、四五ヵ月すると研究の行手も見通しがつくようになった。

秋雨のつづいて降る頃であった。ある夜、割合に早く帰宅すると、佐々木綾華、高宮黄雨の二人が訪ねて来た。黄雨は国民俳句会にいつも出席するので知ってはいたが、綾華は初対面で、二人共三十歳には少し間があった。綾華は四谷の西應寺の住職を父として、自身も僧籍にあるのだと黄雨が説明した。かねてホトトギス雑詠で、親鸞上人の報恩講を詠んだ句を見ていたので、多分そうだろうとは想像していたが、綾華の身装は少しも僧侶らしくなく、頭も角刈りにちかい刈り方をしていた。

二人はうすい創刊号の俳句雑誌をとり出し、これの同人に加わってくれと言った。題名は「破魔弓」というので鳴雪の書いたものである。内容を見ると、三分の一は能楽の解説、それに長谷川かな女選の俳句があり、綾華の戯曲と、大岡龍男（その頃はフクスケと号していた）の文章が載っていた。あまり変な内容だから問いただして見ると、能楽の解説は綾華の友達が書いたもので、この人が経済を引き受けてくれるため毎号その文章を連載するのは致し方がないとのこと。又、かな女選の俳句は、龍男がかな女を知っているので、零餘子主宰の「枯野」の落選句の中から比較的よいものをもらって来たというのであった。いよいよ怪しからぬ話であるが、それは二号から新しく募集したものが載るというし、また鳴雪が題字を書いていることも一つの信用になり、且つ私はホトトギスに載るフクスケの文章を面白く思っていたので、同人に加わることを承諾した。

「しかし、破魔弓という題名は実に古くさいね。これは君が考えたのですか」と私は綾華にきいた。

「いや、私じゃありません。鳴雪翁がいいと言われて、それで決ったのです。」

「これをかえることは出来ませんか。僕はこういう名前はいやなんだけれどね。」

「でも折角御老体が字まで書いてくれたんですから、当分はそれで我慢して下さい。」

それから二人は俳壇四方山話をして帰って行った。黄雨は方々の句会へ出席するらしく、いろいろの内輪話を知っていた。

ある日この二人に誘われて、零餘子のところへ行った。夫人のかな女に破魔弓の選をしてもらうので、その挨拶をするためであった。零餘子はその頃枯野誌上でようやく旗幟を明らかにする気配を見せていたが、その文章には功名をあせる危さが見えて、無理のかさなっている感じであった。家は淀橋の柏木にあって、座敷には虚子の句を十二ヵ月貼った袖屏風を立ててあった。しばらく話をしているうちに、零餘子はホトトギスの批評をはじめ、俳壇をいまのようなものにしたのは高濱さんの責任です。私は憤慨に堪えませんと言った。どうしてこのようなはげしい言い方をするのであろうか。これでは理由の如何にかかわらず零餘子に反感を持つ人が多いのも仕方のないことだと私は思った。私はそのとき綾華にすすめられて枯野の購読者になり、二三回投句をしたが、そのままにやめてしまった。

破魔弓のかな女選も長くつづかず、大正十二年になると池内たけし選に代った。私はその頃研究が特にいそがしく、綾華や黄雨にあう機会もなかったので、それがどういう理由で変更されたものか知らなかった。かな女は温厚な人柄であったが、女流の選者はやはり頼りがないからであろう。しかし破魔弓にとっては、たけし選になって、ホトトギスと直接の結びつきの出来る方がよいことは確かであった。

たけしは、選句をするばかりでなく、破魔弓の主宰というかたちになった。同人は、はじめからの綾華、黄雨、フクスケ、私、それに花蓑が客員として加わり、この顔合せが二月はじめの日曜に井の頭公園で行われた。残雪が多く寒さのきびしい日で、私達は茶店の火鉢にかじりついていた。その頃の井の頭はまことにさびしくて、茶店もわずか二軒ほどあったのみであろうか、池には波を立てて鳰が滑翔していた。

鳰をはっきりと見知ったのはこの日であった。花蓑はいつもここに来ているらしく、鳰を詠んだ句が、ホトトギスに多く入選していたが、その時も障子をあけて鳰を見つめたまま動かなかった。他の人々の寒さなどは知らぬさまである。こういうすさまじい熱心家の加わったことを私は実に心づよく思った。

たけしはすべて積極的で、地方の句会に出かけては会員を獲得するし、月例の句会もひらくし、どこからか表紙絵をさがして来て、綾華に与えた。綾華の友人で、はじめ経済面を担当した人はすでに離れ、破魔弓は純粋な俳句雑誌になっていた。しかし、たけしが地方の会員を獲得するといっても、たけしの勢力の及ぶ地方は限られているから、会員数は二百足らずであった。雑詠欄では（ホトトギスに倣って、選句欄は雑詠と名附けてあった）年少の百合山羽公が擡頭していた。

綾華の寺の西應寺は、四谷の南寺町にあったが、由緒のある寺だそうで、なかなか大きかった。綾華の部屋は二階の六畳で、そこが破魔弓の発行所である。書棚の上には鳴雪の短冊が沢山置いてあった。中には絹地金砂子の立派なものが混っていて、綾華はどれでもよいから持って帰れという。どういう理由か知らぬが、鳴雪はよほど綾華を信用していたものらしい。

その鳴雪がこの年喜寿にあたるので、祝賀会をひらこうとたけしが言い出した。会場はたけしの父が有楽町に経営していた能楽会の広間を使うのだから便利であった。しかし全く急のことで時日の余裕がないのには閉口した。綾華は鳴雪係になり、黄雨は庶務一切を引受けて毎日西應寺に出勤する。私もときどき顔を出し、破魔弓にはあまり近寄らぬ誓子までも手伝いとして引き出された。

当日、私と誓子とは受付係を担当したので、俳壇の先輩の顔を概ね見憶えた。虚子はじめそれ等の人が能舞台の鏡板をうしろに、鳴雪を中心として並んだのは立派であった。破魔弓からは「喜」と白く染め抜いた赤い縮緬の座蒲団を呈上した。句会の兼題は若緑というので、鳴雪の選句を読みあげると、一句作者名のわからぬものがあった。披講者が二度三度と繰り返すと、鳴雪が急に「ああそれは私の句でやす」と言った。それで皆が笑い、これは目出度い話として後までつたわったが、いかに年老いたとはいえ、自分の句を自選するというのは肯けない。私はこれを鳴雪の洒落だと思った。この翁は、時にはハルトマンの美学というようなものを、一つ覚えに担ぎ出すかと思うと、こんなとぼけた事もする人柄で、そのために親しまれていたが、この時のは洒落が少しすぎたようでもあった。

破魔弓では、鳴雪喜寿祝賀記念号を出し、その裏表紙に鳴雪の自画賛があったりしたので、次第に俳壇の注視を浴びるようになった。絵は自分のうしろ姿、句は「喜べといはゞ喜べ老の春」というのであった。

京都の野風呂が上京したので、その歓迎会を西應寺でひらいたことがある。行って見ると、正座の座蒲団だけが一つ空いていた。野風呂のためにあけてあるのかと思うとそうではない。野風呂はすでに来ているのである。暫くすると紋服を着た体格の大きな人がはいって来て、そこに坐った。その頃宝生宗家を継いだ宝生重英であった。たけしは「宝生の宗家です。号は千里といわれます」と一同に紹介した。

帰途に黄雨、それに送って来た綾華と三人で四谷の通りに出た。

「妙だったね今夜は。野風呂歓迎会という名目だったが……」

「どうにも恰好がつかないな。僕達が謡を習っているというんならいいんだよ。なんにも知らないでいるところへ不意打と来てはね。」

「まあ一度だけだろう。たけしさんにしても、ゝ石の顔もあるから……」

佐野ゝ石（ちゅせきと読む）は古い作者で、宝生家の執事のようなことをしていた。さっぱりした性質で、たけしとよく交っていたから、私達も前から知っているのである。

虚子も謡曲は好きで、謡を櫻間金太郎に習い、仕舞を松本長に習っていたし、たけしも謡を宝生新に習っているという関係で、能楽界にも俳句熱が興っているらしかった。殊に松本長を父とする松本たかしは素質がよいという噂であった。

その頃、こういうこともあった。たけしが、一度私の家で句会を催そうという。集る予定は花蓑、綾華、黄雨その他である。夕食が済んで待っていると、格子戸があいた。こういう時にまず第一に現われるのは黄雨である。今宵もそうだろうと思うと、紋服に仙台平の袴という扮装の、肥った人が立っていた。これは宝生流の瀬尾かなめで、近頃俳句を詠みはじめたのだが、今夜ここに句会のあることをたけしからきいて参上したという。早速二階に招じ上げた。

ところが、当時私の家にほうやさんという十五歳の下婢がいた。本名はつや子というのだが、北多摩の保谷在に実家があって、何ごとにつけても保谷保谷と自慢をするので、ほうやさんと呼ぶようになってしまった。誓子はこれに俳句をお教えなさい。ほうや女というのが雑詠に出るのは面白いからと言っていた。

ほうやさんはまことに純真なのだが、行儀はあまりよくない。客と応対することなど勿論不得手である。ただ茶を運んで来るだけの役なのだが、この時どうした間違いか、土瓶の蓋を落してしまい、茶はかなめの袴の上に打ちまかれてしまった。私はおどろいて婢の粗忽をわびたがほうやさんはただ笑っているばかりであった。しかし、かなめは別に困った風もなく、袴をとって平然としているので、私は救われた思いであった。

後に、たけしの語るところによると、かなめは宝生流でも屈指の能役者であるが、天成粗放の性があり、出演の時間を守らぬようなことがあるので、たびたび勘当を受ける。それを宝生流に関係のふかい泉鏡花が小説として書いたのが「歌行燈」だということであった。但し歌行燈の主人公恩地喜多八は、瀟洒たる美男子であるが、かなめは肥りすぎていて、そのような姿態はなかった。

夏も半ばになって、私の研究も終り、この成績を論文として書き纏めつつあった。そのときにたけしと花蓑とが私の家に来て、これから三人だけで作句の猛勉強をしようと言い出した。二人は先輩であり、私一人はるかな後輩だから、好意で指導をしてくれるわけである。私は喜んで承知した。二人は、京大三高俳句会の擡頭に対し、関東でもこれに対抗する勢力を作りあげたいという考えらしかった。それならば東大俳句会を基体とすればよいのであるが、この二人は東大俳句会にあまり親しさを感じていないようである。花蓑はその頃、裁判所に勤務していた。

はじめに多摩川へ出かけた。まず奥沢の等々力の滝を見て、丸子の渡附近へ出たのであるが、非常な大雷雨にあい、ずぶ濡れになってしまったので、吟行はそれで打切り、あとは毎日たけしの家に集って、三人だけの句会をひらいた。何回も何回も題をとりかえ、出来たものを批評し合って、他の二人が推薦した作をホトトギス雑詠に提出するのである。私は随分緊張していたが、五日目には疲れはて、中途で居睡りをするような始末であった。

その頃、ホトトギスの発行所は船河原町から丸ビルに移っていた。牛込の御濠端の家と丸ビルとでは、眺望も雰囲気もちがい、すべてがすがすがしいので私達は喜んだ。俳句そのものまで明るく世に出てゆくような感じである。丸ビルでもはじめは俳句雑誌が移転して来ることを危ぶんだそうであるが、隆盛な様子なので安心したということである。

虚子は毎日鎌倉の自宅から姿を現わすし、助手としてはたけしの他に柴田宵曲がいた。宵曲は三十二三歳であったが、非常に地味な性質なので、少し老けて見えた。その代り俳句はその頃詠まれなかった都会を題材とし、雑詠欄にも異色ある句のみを発表していた。校正も非常に綿密で、宵曲の見たものには誤植が全くないと言われるほどであった。訪問者と対話することも面倒くさそうに、出勤してから退勤するまで机に獅嚙みついていた。

「宵曲はひどいよ。掃除をしないんだ。見かねて先生が箒で掃いて行くとね、一寸足だけ上げるんだから」と、たけしは私達に話した。

宵曲は時々つむじの曲ったことを言った。ある日居合せた一人が、腕時計が止まっているといって、私に時刻をきいた。私が自分の時計を見て教えると、その人は一寸首をかしげた。

「大丈夫ですよ。いま東京駅の時計に合せて来たのですから。」

それでその人が納得してうなずくと、いままで黙っていた宵曲が私の方を向いて言った。

「そうですか。東京駅の時計というものは、あれは正確なのですか?」これには私もたじろがざるを得なかった。

この調子なので宵曲はいつも孤独であった。正午が来れば黙って弁当をとり出し、退勤時刻が来れば虚子に一寸会釈しただけで帰った。しかし、宵曲が校正するために、誤植のないホトトギスは気持がよかった。

血清化学教室では、その頃高野が私に俳句を教えろと言い出した。私は気まぐれとばかり思って取り合わなかったが、高野は真面目な表情をしてそれを繰り返した。遂に私も冗談ではないと信ずるようになった。

高野は元来一高時代から私より一つ上のクラスで、大学に来てからは陸上競技の監督をしていた。自身走ったこともあるが、足を痛めたので断念したのである。その後卒業前に腎臓炎を患い、一年休学した為、私と同年の卒業となったので、助手の緒方春桐と親しかった為に血清化学教室に来たらしい。中田みづほとは型のちがった駿才で、卒業成績もよかった。私とはスポーツ好きの点で気が合い、六大学リーグ戦で、明大の試合があれば必ず出かけた。二人とも明大ファンであった。教室のチームもその頃はますます強くなり、教室間の試合も盛んであった。しまいには内村祐之まで飛び出して、学生チームの投手となり、教室連合チームと戦ったが、これも我々の勝利となった。

高野はどうしたことか、教室に入ってから殆ど仕事をしなかった。朝十時すぎに来て、何か大声に言っていたかと思うと、すぐにどこかへ行き、そのまま帰って来ないことがよくあった。教授から研究問題をあたえられると、一週間ほどは丹念に準備をはじめるが、その準備の成った頃は、もう飽きて手がつかなくなってしまう。これには講師や助手などもおどろいたらしいが、そういう高野が研究のこまかい問題を実によく知っている。一人の研究生が中途で打開しがたい問題に行き当っていると、即座にこうすればよいだろうという。それが概ね理に適っているので、教授も感心してしまうらしい。

高野は茨城生まれで、叔父の家に住んでいた。はじめは春桐の家の隣であったが、小石川の音羽に新築が出来て、その一間を書斎にしている。叔父も茨城出身であるから、横山大観に厚意をよせ、院展を後援していた。そのため高野は展覧会によく私を誘った。私等の鑑賞眼はほぼ同じ程度で、まことにうまが合った。

春桐と三人で本郷の若竹亭へ落語をききに行ったことがある。恰度高座にあがっていた落語家が「天災」という話をはじめた。横丁の御隠居さんが、八さんに心学の先生を紹介する。紅羅坊なまる先生だというと、八さんが「べらぼうになまける先生」だと間違える。その時春桐が指で高野の横腹を突きながら、「まるでお前のようじゃあないか」と言った。それ以来私達は高野を「紅羅坊なまる先生」と名附けた。たいていのことを言われてもおどろかぬ男が、こういわれると必ず苦笑しながら眉をくもらせた。

文学の本はあまり読まぬ。綜合雑誌の小説を普通に眼をとおす位である。芝居も殆ど見にゆかない。あるとき井上正夫が有楽座に「酒中日記」を上演したので、私はこれを推奨し、二人にすすめて見に出かけた。すると二人ともさんざんな機嫌で、こんなつまらぬものは見ても居れぬから途中で帰るという。私はまあまあとなだめて終りまで見させたが、もうこの二人と芝居を見ることはやめようと思った。

余談ではあるが、この夜の客席に東洋城が居た。木の芽会を解散して三年目である。春桐は私に「困ったな」という顔をして見せる。私も食堂か廊下で会うのは困ると思った。高野は早くも察したらしく、おい「食堂へ行こうじゃないか」としきりに誘うのであった。

とうとう食堂で隣りの卓に着いてしまった。春桐と私は仕方がないので東洋城の前へ行って不沙汰をわびた。東洋城は少しも気にかけぬらしく会釈を返して「どうもあの時はおどろいたよ。あれを送別会とは思わなかったのでね。君達も人がわるい」と言った。そうして「どうです、またそのうちに始めようではありませんか。」

春桐はけろりとした顔で「いいえ、私達はつづけてもよかったんですが、こいつがどうしてもやめるというので、仕方がないからやめたんです」と私の方を見ながらいう。ひどい男だと思っていると、東洋城は「水原君がいやだというなら、他の人達だけでいいでしょう。」そういって笑いながら廊下へ出て行った。

「いや、あの方が芝居よりよほど面白い。」高野は事が思う壺にはまったので、いつまでも喜んでいた。

こういうわけで、高野ははじめから俳句を軽蔑していた。私が教室の会へ遅れてゆくと、「宗匠、どうしました」などというのが彼であった。それが急に改まって俳句を教えろという。私はようやく彼の真面目であることがわかったが、どうも腋の下のこそばゆい感じである。もし春桐がいたら、さんざんに揶揄して思い返させたであろうが、その頃春桐は西欧留学の旅に出ていた。そうすれば高野は春桐のいない淋しさをまぎらすために俳句に入りたくなったのかも知れぬ。或はまた学問も手につかず、それをとやかくいう他の研究生と顔を合すことがわずらわしくなったのかも知れぬ。そう考えて私はいささか彼の真意にふれたように思い、「そんなら今日これからどこかへ行こう」と誘った。

私達は向島の百花園へ行った。まだ秋草は咲きはじめず、伸びた芒の向うに黄蜀葵が四五輪見えるだけであった。私は仕方がないので、縁台に腰かけて茶を飲んでいた。高野はいつまでも黄蜀葵の前を去ろうとしない。私はとうとう飽きてしまった。

「先生、もういい加減にやめようではないか」というと、彼は渋々縁台の方へ来た。そうして句帖を私に見せた。はじめて句を詠んで句帖を見せる人は少いものである。その句には平素の高野の面目はなく、ただ素直に詠んだものだけであった。

高野は自分で素十という号をつけた。彼の叔父の家では成田山を信仰していたので、立秋をすぎると参詣に出かけた。彼も同行した。

「秋風やがらんと鳴りし幡の鈴――っていうんだがね。これ駄目だろうか。」

「がらん――はいけないね。あれは鬼城だか誰だか忘れたが、音の形容にくわらん、というのがあったよ。それをとり入れて、秋風やくわらんと鳴りし幡の鈴――さ」

「なるほど、くわらん――ね、その方がずっといいや」

こういうことが一度あれば、二度目には決して間違いがなかった。要領がよいのである。少したつと研究室の中でも句帖をひらきはじめた。「先生この句はどうだろう」――私はたじろがざるを得なかった。

八月も末の頃、私はたけしと霧降瀧に吟行に出かけた。花蓑も来る筈であったが、急用のために来られなかった。列車が動き出すと、たけしが暗い顔で言った。

「元君が亡くなった。」島村元は胸の宿痾のため遂に立たなかったのである。この五六年、たけしと並んで虚子に最も近く、その双翼を成している感があり、虚子の後継と目している人も多く、その作風はあくまで品格が高かったのに、まことに惜しむべき長逝と私も落胆した。私は遂に元の風貌に接する事が出来なかった。前年の秋、四五人で鎌倉に吟行したとき訪ねたが、すでに高熱の臥床中で、鉛筆書きの挨拶が私達にわたされただけであった。

霧降瀧の山道はひろくなだらかであり、周囲の山々にも秋風が吹きわたって、爽涼たる感じであった。葛の咲く谿間からあがって来た童等は、尺あまりの山女魚をさげていた。滝もまことに美しい感じで、少し水を渡ればその巌にも攀ずることが出来た。滝壺にも箱眼鏡を持った男が岩魚の影をうかがっていた。

帰京すると、素十に山路の景の話をした。素十はそのときすでに、新しい研究生である増田を説きつけて俳句の仲間にしていた。このほか教室には夏休みで家に帰っているが、大阪医大出身の小松原一路もいたので、さらに若い人々を勧誘し、血清化学教室俳句会をつくり、外遊中の春桐に寄せ書を送って驚かそうなどと興じ合った。そういう時にあの大震災が起った。

恰度昼食のあとで、私と素十とは、研究室と動物舎とをつなぐ廊下で立ち話をしていた。激しい地鳴と共に震動が来て私達ははね上げられた。一瞬何ごとかわからぬすさまじさであったが、すぐ地震と気がついて裏庭に飛び出した。そこには造ったばかりのテニスコートがあったので、ネットを張る杭につかまったが、足元が揺らいで立っていることさえ容易でなかった。研究室を見ると、大きな古い煉瓦造りが砂けむりを立ててゆらぎ、亀裂を生じてはまた合さっている。向うにある病理学の研究室からも、友達が飛び出して来て、同じ杭につかまっているのだが、互いに言葉をかけ合う余裕もない。ようやく震動が止まったので、玄関の方に出て見ると、教授をはじめ三十名ばかりの研究生が、誰も怪我をせずに立っていた。そこは赤門から病院へゆく道筋で、大きな欅の並木がある。向うは前田邸とを劃る石塀になっているが、はげしい第二の震動で、石塀は大きく波を打ち、欅さえ倒れんばかりに揺れ騒いだ。

なおつづく余震にも研究室は倒れそうにもないので、誰も自分の家が心配になり、教授に挨拶して赤門を出て行った。私もそれにつづいた。私の家のある神田猿楽町は平素から地盤がわるく、弱い地震にも家の揺れ方が激しいので、多分倒壊しているだろうと覚悟していたが、水道橋を渡り、三崎町の二階建の町並が全部倒れているのを見ると、不安が現実となって胸に迫った。

幸い私の家も病院も無事で、家内と二人の子供は病院の裏庭の芝生にいた。ひと安心して近隣の負傷者の手当などをしているうち、倒壊家屋からおこった火の手が急に三方を包んで来たので、何をとり出すひまもなく、子供を背負って、ただ一つの脱出口である水道橋に向った。放心した人々が、僅かなものを手にさげ、のろい歩調で群れて行った。

家内の家は小石川の高田老松町にあって、地盤のよいため屋根瓦が崩れ落ちただけであった。私の家族も父母も弟も、当分この家にいることになった。神田の方を見るとすさまじい雲が湧きあがって空に立ちはだかっていた。

翌日の午後、素十がここに訪ねて来た。素十の家は音羽通りをへだてた向う側にあって、無事であった。

「多分ここだろうと思った。皆怪我がなくてよかった」と彼は大きな声で言った。私もすべて焼いてしまったものの、まだ親がかりであるから割合気が楽であった。樹蔭に椅子を持ち出して、いろいろ聞き集めたことを語り合った。

「先生の俳諧も初めたばかりで変なことになってしまったな。」

「考えて見れば俺が俳諧なんてやり出したからこんな事が起ったのかも知れない。それにしても鎌倉の方はどうなったかね。」

「あっちの方がひどいとも言うが……」

「とにかく、ここで心配したところで仕方がない。明日あたり遊びに来ないか」そう言って素十は帰った。

三日に私は四谷へ行って見た。西應寺は無事で、綾華は庫裡から出て来た。

「まだ余震があるから家の内は危ない。そとで話しましょう」と私を鐘楼の方へさそった。

「しかし、御無事でよかった。神田はさんざんだときいて心配しました。」

「黄雨は？」

「わかりません。大岡は無事だと電話がありました。」フクスケは綾華とは親戚で、大岡育造がその父であった。

「破魔弓もこうなるとおしまいだね」

「いや、印刷所が無事ですから、すぐに出せましょう。」

そこへ綾華の父も出て来た。小柄の人であった。

「御宅は大変だったでしょう。しかしあなたは御元気ですね。」私はシャツ一枚にパナマ帽という自分の扮装に苦笑した。またはげしい余震が来て、それが静まると、境内の木々では油蟬が鳴き出した。

四谷見附から日比谷へ出て、たけしの家に寄って見た。ここも無事であったが、たけしは留守で、鎌倉の消息はわからぬという。私は濠端を一ツ橋まで歩き、そこへ来かかったトラックに牛込の大曲《おおまがり》まで乗せてもらい、疲れはてて家に帰った。

四五日すぎて、思いがけなくたけしが来た。着物の裾を端折り、草鞋がけという扮装であった。こういうときでなくともこういう扮装をすることがこの人は好きなのである。

「先生は御無事ですか？」と私は第一にきいた。

「ええ無事でした。二三日前に行って、一しょに東京へ来ました。鎌倉の家はかなり傾いて居ますがね、誰も皆無事でした。」

「丸ビルの発行所は？」

「あっちも大丈夫です。年尾が恰度鎌倉から着いたばかりで、少し手を怪我しましたが。」

「先生は御怪我もなかったのですか？」

「はじめの震動でね、縁側から庭へはね飛ばされたそうですよ。いくら起き上がろうとしても起き上がれないんだって、笑っていました。」

「津浪はなかったんですか。」

「少しはあったようだけれど、方角がちがっていたらしい。」

「まあ万事よかった。地方の人達など随分心配したでしょうからね。」

虚子は鎌倉にあって、東京のことを案じているところへ、たけしが来た。その翌払暁によい便宜があって、田浦から品川まで関東丸に乗せてもらい、東京に入るとすぐ丸ビルの発行所に入った。このとき五十歳で、元気もよく且つ機敏であったから、ホトトギスはすぐに復興の第一歩を踏み出したのである。

「そうすると、雑誌はいつ頃から出ます？」

「さあ、印刷所も焼けなかったので割合に早いでしょう。叔父さんは十月号を出すといっています。」

「綾華にあいましたがね。破魔弓もやれるそうです。」

「それはよかった。今日これから帰りに西應寺へ寄って見ましょう。」

たけしは背負っていた風呂敷包から四五点の衣類をとり出し、私の家族のためにといって呉れた。ありがたい厚意であった。私は音羽の通りまで送ってゆき、話しつづけた。

「こうなると、そろそろ俳句会でもはじめたくなりますな」とたけしはいう。

「実はこの近所に私の友達がいましてね。高野素十っていうんです。まだはじめたばかりですが、そこを会場にしてはどうでしょう。」

　私はたけしと別れ、その足で素十の家へ寄って、素十の部屋を句会の会場に提供しないかと言った。

「いや結構だ。叔父が今留守なのでね。客間を使うことにしよう。」

　綾華が方々へ通知を出して、素十の家に集ったのは、たけし、花蓑、綾華、黄雨、フクスケ、それに私と素十の七人であった。花蓑の家は無事、黄雨は罹災していたが、いつもの通り第一番に来た。

　素十の家はまだ新らしくて、地震にもいたんでいなかった。十五畳ほどの間で、大観の額が掲げてある。素十は皆に初対面であるが、すぐに旧知のように応対した。それに復興祝いと称してまず酒が出たので、酒好きのたけしや花蓑は上機嫌であった。花蓑は、破魔弓の客員として加わった頃は気むずかしげに見えたが、附き合っているうちに、まことに好い人柄であることがわかった。ただあまりに俳句に熱心で、句会でも吟行でも、いざ作りはじめたとなると、人の言葉が耳に入らぬのである。フクスケは極めて気が弱く、人にあうことが嫌いで、ホトトギスでも殆ど知人はなかったのだが、筆をとると人が変わったように思う存分の事を書いた。それが震災を踏み切り台にして、こういう句会へも出る気になったのである。フクスケという雅号もこの頃から本名の龍男にかえった。これは虚子のすすめによるという話であった。

この日の会はおもしろくて、夏休みに帰省したまま関西にいる誓子へ寄せ書を書いた。素十も自然破魔弓に加わることになり、つづいてまた第二回が催された。その通知に、会場素十庵とあったので、龍男は「素十庵近頃出來し蕎麥屋かな」と詠んだ。その頃蕎麦屋はたいてい何々庵といっていたものである。

血清化学教室も倒壊を免れたが、旧い建物なので損傷が甚しく、修繕に暇どっているため、研究のはじまるには日がかかった。私はすでに論文を書きあげて教授の手許に提出してあったので、何も仕事はなかったが、次第に集って来る研究生の顔が見たいから毎日出かけて行った。素十は遊んでいる若い研究生を勧誘してまた四五人の仲間が出来かかっていた。前からの増田手古奈をはじめ、佐伯大波、佐藤眉峰、加賀谷凡秋などである。手古奈は素十の家の句会にも加わるようになっていた。

小松原一路が大阪から上京した。彼は石鼎門下で、石鼎の家に寄寓していたから、いろいろの消息もわかった。その家も無事であったが、石鼎は非常な精神的の衝撃を受け、一時は作句など出来そうもないと危ぶまれたけれど、最近は元気を回復して、雑誌の編輯をはじめているという。「草汁」は少し前から「鹿火屋」と名を改めていた。一路は石鼎を血清化学教室の句会につれて来ようかと言った。私達も大いに喜び、それはすぐに実現した。

どこにも適当な会場がないので、医学部の事務所の一室を借りた。粗末な部屋であったが石鼎は平気で、一時間ほど話して呉れた。私達がホトトギス系統であり、石鼎は少しホトトギスから離れているので、はじめは多少の遠慮があったが、帰途に本郷三丁目の氷店に立寄った時は、その遠慮もとれて話が面白くなった。当時三十七八歳であったろうか、学生気質の失せぬ物の言い方が気持よく、色の浅黒い立派な容貌に太い口髭を立てているのも、どことなく愛嬌があった。

石鼎が私達と同じ医科志望で、京都医専に中途まで学んだということを、この時にはじめてきいた。意外でもあるし、また親しい感じであった。

「僕はずぼらだろう、だから嫌になっちゃってね、吉野の奥に医者をやっている兄貴のところへ行ったまま、学校はやめちまったんだ。」こういう話ぶりは、いままで会ったどの俳人にもなかったことだ。私達は自分の上を越すずぼらな先輩が出来たことを心づよく思った。

石鼎はその吉野山で、当時の作者達の思いもよらぬ新鮮な句を詠んだ。石鼎といえばすぐ吉野山と連想させるあの傑作を、作句修業の浅い青年が発表したとき、俳壇は全く圧倒され、ホトトギスの雑詠はそのために輝きを増したのであった。

その後の石鼎のことは、石鼎自身からは聞かなかったが、俳壇では人から人へ語りつたえられ、私も多少の知識は持っていた。吉野から上京した石鼎は、生活のため電線の工夫にまでなり、前途の見込みが立たぬので、ホトトギス発行所をたずねて就職斡旋を依頼したが、虚子に諭されて一度故郷へ帰った。しかし上京の念を絶ちきれず、再びホトトギス発行所を訪ねて来たので、虚子も今度は編輯部の一員に加えることになった。

石鼎は喜んで熱心に作句した。句風は吉野山時代と異なり、突き込んだ写生風のものになって行った。用語も前には絢爛たるものであったが、この時代にはむしろ平易で、破調をもとり入れ、ひたすら対象の追究に努めた。俳壇はまたこの句風におどろいた。手だれの作者達が跡を追おうとしても、石鼎は常に十歩の前を進んでいた。従ってその周囲には若い作者が多く集り、一ツ橋の商大俳句会や、大阪の医専俳句会などはその指導を受けていた。

石鼎は発行所に近い研屋の二階に間借りしていた。（当時泊雲の句に――研屋の二階の石鼎先生夜長かな――というのがあって、石鼎は、泊雲から先生と呼ばれるのは困るが、この句は当時の自分のことがよくわかると言っていた。）独身だから費用はかからぬが、何分薄給で好きな煙草を喫うことも出来ぬ。終にはこぼれ煙草の混った秋糞を煙管につめて喫うまでに至った。そこで思いあまったあげく、増給を願い出たところ、虚子の容れるところとならず、発行所を去る結果になったが、当時日日新聞の文芸部にいた小野蕪子の厚意で、その俳句欄を担当することとなり、鹿火屋の前身である小雑誌草汁も出るようになったのである。

私は、こういう話をきいて石鼎に同情したが、事の真偽は知らなかった。ただ石鼎が引きつづいてホトトギスに句を見せれば、後進はその後を追ってはげしい勉強をするだろうと思い、そのことのみを望んでいたが、石鼎は極めて稀に、私達がそれをあきらめた頃になると、雑詠欄に名を列ねた。私は石鼎から多くを学ぶには鹿火屋に深入りすべきだと思ったが、ホトトギスの他に破魔弓もあるので、そうまで手をひろげることも出来なかった。

ホトトギスは十月号によって復刊した。その巻頭に載った虚子の「立秋口占」という文章は、短い随筆ではあるが、行間悉く自信に満ちて立派なものであった。私達が夏にたけしの家に集って詠んだ句も、この号の雑詠に載った。花蓑はすでにたけしを抜いて、関東の代表作者たる位置に登っていた。素十は四句入選した。「秋風やくわらんと鳴りし幡の鈴」もその中にある。手古奈も三句入選した。雑詠は十句出すのだから、四割と三割の入選率で、第一回としては全く異例であった。私は雑誌の出る前にたけしから伝え聞いたので、その夜素十の家へ知らせに行った。玄関へ出て来た彼にこのことを言うと「ふざけるな、そんなばかな話があるか」と本当にしなかった。前にホトトギスが厳選であることを、春桐や私の話によって聞きかじっていたのである。「いや、俺もばかな話だと思うが本当なんだ。手古奈の奴だって三句入選している。」素十ははじめて本当だと思い、額をたたいて畳の上ででんぐり返しを打った。

ホトトギスでは復興記念の吟行を催した。コースは常磐線の金町から江戸川堤を通って柴又に出て、川甚に近い渡し場から舟で対岸に渡り、国府台、真間山を経て市川駅まで、凡そ二里に近かった。秋晴の日で、東京近郊の作者は殆ど参加した。堤の下には蘆花がなびき、畑には秋耕の人が出ていて、それが私達の好い題材になった。

十月の中旬には、たけしの家の能舞台で、ホトトギスの句会も催された。鳴雪、石鼎など平素顔を見せぬ人も集った。石鼎と並んで雑詠の花形であった普羅は、横浜で最も災害のひどい場所にいたが、危く難を免れ、その後暫くして越中へ行った。この人は稀に見る山岳好きで、立山の麓に就任の話があると、一も二もなく承知してしまう純情を持っていた。

東大俳句会では、みづほが新潟医大の外科教授として迎えられ、以来作句を休んでおり、風生もまた外遊に出たが、破魔弓は順調に復活して十月号を出した。たけしも相変らず熱心で、綾華の部屋につづく物干で月見の句会をひらき、それを誌上に載せたりした。

震災後の物干場の月見句会など、風流一代噺とも言えず、あまりぞっとしないなと、私達は蔭口をきいた。

素十、手古奈などのホトトギス雑詠成績は、十一月号になって落ちたが、花蓑は依然として立派な句を示し、京大三高俳句会に対する、東京方の対抗力は認められて来た。京都の方でも会のある毎に東京のことが話題になるという報告さえはいって来る。たけしはなおこの上にも力づよい勢力を作ろうという気で、毎月批評会を行うことになった。雑詠投句の締切前に、全作をたけしの家に持ち寄り、花蓑とたけしがこれを点検して、よいと見たものを投句しろというのであった。同時にまた二人の句も皆に見せて意見を聞こうという。私も素十も手古奈も喜んでこれに加わった。

その第一回に素十は「團栗の葎に落ちてかさと音」という句を出した。すると花蓑の句も同じ団栗を題材としたものであったが、それは「團栗の葎に落ちてくゞる音」というので、比較にはならなかった。

「いやな親仁だな、こっちは苦労してかさと音と言ったのに、くぐる音なんて言やがる。俺は今度あの親仁の吟行にくっついて行って教わるんだ。」素十は帰途の濠端を歩きながら嘆息した。

「病膏肓に入るというがね、君もそうなればそろそろ膏肓に入りかけたものだろう」と私も笑った。

私は十二月号の雑詠ではじめて巻頭になった。そのことを私は選了のときにたけしから知らされた。渋柿をはなれてから三年の歳月がたっている。決して遅いことはなく、むしろ早きに過ぎるのであるが、若し一人で投句をつづけていたとしたら、おそらく三倍の時を費してもここに来ることはむずかしいであろう。私はよき先輩を持つことをしみじみ幸福に思った。

ある日、素十が「俺は一つ鹿火屋の雑詠に出して見る」と言った。「よし、俺も一しょに出そう」と私も応じた。素十は句稿を私に見せたが、どうも出来がわるく、入選しそうなものがなかった。ただ十句のうちの終りに書かれていた「襲ひ來る山霧ながら月明り」という句がよく、これは血清化学教室の句会で高点を得たのだから大丈夫だろうと思われた。

石鼎の家は麻布龍土町にあった。門の近くまで行くと石鼎が着物の胸をふくらませ、懐手をして出て来た。正午ちかいのにこれから朝湯へ行くのだという。胸のふくらんでいるのは懐手ばかりでなく、タオルや石鹸箱まではいっているのであった。

石鼎はすぐ家に引返してくれた。私達は牛肉と葱を買って来ていたので、それを煮て昼食を共にした。居合せた一路も加わった。食後二人で句稿を提出すると、石鼎は私の句稿を一見して机上に置き、次の素十の句稿をとって見た。半紙を二枚折りにして十句書いてあるが、はじめの五句には採る句がないらしい。少しむずかしい顔をして紙を裏返したけれど、ここにも佳句を発見しないらしく、額の皺が深くなって行ったが、ようやく第十句目を見たと思ったとき、突然声をあげて「この句はいい。この山霧はつくりものではありませんよ」と言った。そうしてさも安心した様子で高らかに笑った。

十二月に入って私の一家は小石川表町に引き移った。そこは伝通院の裏手で、新らしい二階建の貸家であった。恰度研究室と素十の家との中間にあって、手古奈も附近に間借りしていたから便利であった。

綾華からハガキで、破魔弓の吟行があるから新宿駅に集れと言って来た。少しうそ寒い日曜であったが、行って見ると、たけし、花蓑をはじめ、いつもの人々が集っていた。吟行というものに出たことのない龍男まで来た。

府中から深大寺の方面を廻って、また新宿に戻った。晩食を共にして別れ、私とたけしはそれから東京行の省線電車に乗った。車が動き出すとたけしは私に言った。

「きのう発行所で編輯会議がありましたがね、今度新らしい課題句選者がきまったのです。その中にあなたもはいっています。」

私は思いがけないことなので驚いた。その頃はどの雑誌にも題詠があったが、ホトトギスの課題句選者に推されるのは作者として一段階に達したようなものであった。

「私なんかまだまだ駄目ですが……」

「いや、そんな謙遜しなくてもいいのですよ。こちらでは花蓑君、大阪では青畝、京都では野風呂と草城がはいっています。」

「そうですか、それでは十分に勉強することにします。」

「それからね」とたけしは小声になって、「この機会に破魔弓の選句も一つ引き受けて下さい。」

「そんなことはとても駄目です。自分の俳句だってこれからなんですから、課題句はともかく、多勢の雑詠欄を見ることなど出来るわけがありません。」

「だけどね、あなたはもう研究は済んだのでしょう?」

「それは済みました。しかし来年は産婦人科教室へ行きますから、慣れない仕事で忙しいのは眼に見えています。」

「そう言われれば無理かも知れないが、実はさっき綾華君にも話してしまったのです。」

「綾華、何と言いました?」

「結構です。水原さんなら大丈夫だって……」

「無責任なことを言うから敵いません。」

「しかし、まあこうなってしまったことです。私も今までより積極的に応援しますから引き受けて下さい。」

私は一応素十に相談してから返事をすると言ってたけしに別れた。二三日して素十にその事を話すと、

「いいだろう。なにしろ破魔弓といえば日本一の後見がいるから。」

「たけしさんが日本一か。」

「いや、内藤鳴雪という御老体。これほどの後見があって引受けないのは冥利に尽きた話だよ。」そこで私もとうとう破魔弓の選句を引き受けることにした。その第一回の投稿の中にはたけしのものも混っていた。たけしはこうして後輩に花をもたせたのである。

四　客観写生

大正十三年一月二日は好い天気であった。たけし、花蓑、私、素十、手古奈の五人は東京駅で待ち合せ、鎌倉の虚子庵へ年始に行った。門を入ると、謡い初めをしている虚子の朗々たる声がきこえた。祝儀を述べただけで辞し、逗子から坂道を越えて金沢に出た。恰度昼飯時だったので、料亭にあがって飯を誂えた。たけしや素十は酒好きだからすぐに飲みはじめた。花蓑も大いに飲む方であるが、吟行が終るまではといって附き合わぬ。女中は酒ばかり運んで来て、いつまでも飯を持って来ないので、花蓑はたまりかね、大声で女中を叱咤してしまった。

やがて飯がすんで見晴台へ登った。無数の鳶が八景の上に舞っていたが、素十や手古奈は花蓑の叱咤が耳に残っていて句が出来ない。花蓑一人で何か手帖に書きつけているので、のぞいて見ると「八景や冬鳶一羽舞へるのみ」と書いてある。あの何百羽という鳶を悉く抹殺してしまったのにはおどろかされた。

前の家へ戻り、互選をしてから夕食をすませたので、逗子へ帰って来るとすっかり暗くなった上、すさまじい風さえ出て来た。花蓑は、こういう夜の海も写生して置かねばならぬといって、一人颯爽と浜辺へ出て行った。私達も仕方なしにその後を追った。はげしい波が崩れて、潮泡が夜目にもしるく押し寄せて来る。空には真黒な富士がくっきりと見えて、その肩のあたりに二三の星がまたたいていた。

五分と耐え得られぬ寒さで、私達はすぐ町へ引返した。すると花蓑はもう或る店の灯影に立寄って手帖に何か書きつけている。駅に来てから見せてもらうと、「浦富士は夜天に見えて鳴く千鳥」とあった。

「千鳥？　千鳥なんて鳴いていたかしら」

「親仁、写生一点張りなんだ。鳴かないものを鳴いたとは言わぬだろう。」

私達は汽車の中でそんな問答をしていたが、手古奈が花蓑にきいた。

「花蓑さん、本当に千鳥が鳴きましたかね。」花蓑はただウフフと笑って黙っていた。

破魔弓でも新年句会があり、その帰りには四谷の三河屋で牛鍋をつつきながら談笑が賑やかであった。たけしは酔って来るとすぐ顔が真赤になる性質で「誰がなんと言っても発行所には僕がいるんだからね、生意気なことを云う奴があれば雑詠の投稿を紙屑籠に抛り込んでやる。」これはたけしの口癖である。雑詠の投稿を紙屑籠に入れられてはたまらない。素十はその口真似をしながら、「これにゃ敵わねえ、急所を心得ていやがる」と云った。花蓑もこういうときには機嫌がよく、「アハハハハ」と大きな声で笑った。浅黒い顔がてらと光って、一種云うに云われぬ愛嬌を醸し出すのであった。

ホトトギス新年号には異変があった。原田濱人が「写生の主体」という文章をよせ、ホトトギスの作者達が客観写生と称して、主観を忘却した句を読むことを難じたのである。濱人は雑詠欄先輩の一人であった。鬼城、石鼎、蛇笏、普羅などにつづく作者で、主観的な作風を持っていたが、この文中で、写生の中にも作者の主観が浸透せねばならぬと論じた。これはたしかに当時のホトトギス俳句の欠点をついたものであるが、濱人はなおその主宰雑誌「すその」の二月号に於て、ホトトギス雑詠欄の主要なる句を例として自己の主張を繰り返した。

これに対して虚子は、ホトトギス三月号に「客観写生の面白味」という文章を書き、濱人説を駁している。それは要するに、濱人のいう主観は表面に浮き出たものを指しているので、主観というものはもっと沈潜していなければならぬ。濱人は句の解釈をせずして、ただ慢罵をしているが、自分はそれ等の句をかく解し、かく味わうのだ——と述べたもので、一例をあげれば次の如くである。

柳散るや風に後れて二葉三葉　花蓑

此句は柳の葉が風に誘はれて落つる様子を叙したのである。この句も「平浅な写生」

と一概に論評し去るべきではない。

余り強くない風が柳を吹いて過ぎた。はら〳〵と二三枚の柳の葉が散る。其時の柳の葉の散る模様は、今吹いて過ぎた風よりも少しおくれて散る、と言つたのである。風が吹き過ぎたので、もろくなつてゐる柳の葉は自然に枝を離れて二葉三葉飜り落る、と言つたのである。実際は風に誘はれて落る《ママ》のかも知れないが、斯く観察したことに柳落葉の性質が巧に描かれて居る。これ等は作者の主観が余程深く客観に透徹してゐないと達することの出来ない境涯である。――

私はこれを読んで、濱人もおそらくこれと同じ解釈をしたことであろうと思った。この句はこう解するより他に仕方がないからである。その同じ解釈の上に立って、一方では主観稀薄といい、一方では主観が客観に透徹しているということになると、これはもう水掛論になってしまう。もっと根拠のある論は書けぬものであろうかと考えた。

もう一例を挙げる。

冬櫻ほとりに咲いて茶店かな　たけし

春の桜ならば其桜によつて営業する茶店であるから其桜と茶店との関係は密接であるが、冬桜は唯茶店のほとりに咲いてゐるといふ許りである、といふのである。「ほとり」とあるので多少余所余所しい心持がある。冬桜は冬桜で咲いてをる、茶店は茶店で店を開けてをる、といつた状態である。

この句の解釈は、或は虚子解と濱人解とが一致していなかったかも知れない。つまり「冬桜は冬桜で咲いておる、茶店は茶店で開けておる」という余所余所しさを、濱人はそうまでとっていなかったかも知れぬと思うのである。しかしこれが主観であるとしても、その量は実に微量で、殆ど計量に値しないほどのものであろう。

ホトトギスには「客観写生」という標語があった。元来「写生」という語には、作者の心が含まれているわけで、客観写生というのはおかしな言い方なのであるが、大衆には一応わかりやすい語であるに相違ない。自己を無にしてただ自然を写せ、写し得るものは自然の一小部分であっても、それによって必ず大自然を想像することが出来る。如実に写せば写すほど、作者も読者も大自然と融合し得るのである、と説かれた。

はじめから、主観の大切さを初学者に教えるほど危険なことはない。初学者は自然描写を忘れて浅い主観を露出する。これは困るから、まず客観描写を修練させるという教育法はよいのであるが、ホトトギスに於てはいつまで経っても客観写生の標語だけが掲げられていて、そのさきの教育はなかった。つまりどこまでも大衆教育であり、凡才教育であって、その中から傑れた作者を出そうという教育ではなかった。十年、二十年という句歴を持ち、すでに初老に入った先輩達まで、「客観写生」という語を座右の銘としていた。だから俳句は抒情詩であることも知らず、「俳句は叙景詩である」という不思議な定義を下す者さえあった。

虚子は、無論俳句が抒情詩であり、主観が中心たるべきことを知っている。しかし決してそれを言わぬ。言えば初学者の混乱することが眼に見えているからであろう。虚子は、主観の大切なることは作者自身が勉強によって知るべきものとしたらしい。これも一つの教育法である。即ち、鬼城、石鼎、蛇笏、普羅などは皆勉強によって自己の道をひらき、つよい主観を句に現わし得た作者達であるが、その時代は割合に短く、泊雲のように主観の乏しい作家の時代に移って行った。ある時代はその主観のつよい作者が主流となり、ある時代は主観よりも観察のすぐれた作者が主流となって、俳句は次第に向上してゆくもので、虚子はその方針によって作者達を導く考であったかも知らぬが、自ら「平凡好き」と言っていた如く、主観のつよい句は好まなかったらしい。かくしてホトトギス全体が平凡化してゆくことが濱人の如く主観を尊ぶ作者には気に入らなかったのであろうと思う。

しかし、虚子の句を見れば、全く客観を捨てて、主観のみを露出させた句がある。そういうことをする虚子の態度を考えると、自分だけは何をしても大丈夫だ、諸君のは危くて見ていられないというように見えた。それが私には肯けぬことであった。それだけの自信を持ち、門下を納得させようとするには、自身門下に数倍する勉強をし、俳句ばかりでなく、他の文芸全般にも眼を注いでいなければならぬ筈である。その頃虚子には自信だけあって、勉強も努力もなかった。

虚子は、小説を書きつつあったとき、露西亜文学家の某氏を招いて、トルストイ、ツルゲーネフ等の小説の訳読をきき、一週一回聴講を怠らなかったという。而も虚子の文章からはその影響が影を消している。私の尊敬するのはこういう勉強家の虚子であったが、この頃の虚子はなにか安住しすぎている感じがあった。濱人に対する駁論に於ても
解釈をしてゐるうちに其句の価値を定める主なポイントといふべきところは矢張り、主観に在ることが判つて来る。客観写生句であるといひながら、其等主観に在るといふことは不思議な事のやうであるが、要は作者の主観の働きによつて生れて来る俳句であるから、いくら客観句であるといつても詮じ詰めれば矢張り主観の土台の上に立つて居る。唯表面が客観写生句であるから私はしか呼んでゐる迄である。即ち主観客観の語は便宜上に呼ぶことで、厳密に之を議論するとなるとこの小論に尽す可くもない。それ等を論じて濱人君の議論に答へる事は他日別に「写生論」を草する機会も来ようから其時に譲ることにする。

と言っているだけで、主観が描写の中に浸透していることを、いかにして発見することが出来るか、又、逆に描写の中に主観を浸透さすにはいかなる注意が必要であるかということを述べていないのである。

一方、濱人の論もかなり杜撰なもので、あげた例句が適当でなく、その例句のために却

て自論の危くなるようなところもあった。結局濱人はこの論争のためにホトトギスを去った。

私は、論だとか、指導方針だとかいうことより、自分自身の勉強の方が必要な時代であったから、この論争もさまで気にはかからなかった。ただ、批評だけは是非ほしいと思っていたので、温亭、たけし、花蓑、橙黄子等を中心として批評会を催した。それはホトトギスの雑詠を材料としたのではなく、自分達の手帖に書いてあった句を材料としたので、まことになまぬるいものであったが、それでもこういう批評の記事がホトトギスに載ったのは久しぶりであった。私がまだ学生時代に読んだホトトギスには、雑詠句や虚子の句を材料とした批評会があり、それがなかなか盛んで面白く読めたので、それを復活したい希望があったわけである。しかしこれは一度だけで消えてしまった。

私は、三月の東京医学会で研究の発表をした。すでに教授の検閲がすんでいたので、血清化学の研究もこれで終りとなった。発表は二時間半ほどかかったのと、緊張していたので相当に疲れた。

その夜は素十の家に句会があるので、私はおくれて行った。いつもの人達が集っていて、すでに席題が出されてあった。素十にして見れば、私の研究の済んだことに、一脈のさびしさを感じているだろうと思ったから、私は医学会のことを何も話さなかった。するとそこへ手古奈が来て、いろいろと様子をはなしはじめた。止せばよいと思っているのにとどまるところを知らない。素十はそれに折々相槌を打っていたが、思いなしか平常ほど冴えぬようである。しかし、互選が終ると酒が出て、あとは例の如き放談になった。酒は素十の家の句会だけにはつきものであった。

私は、四月から産婦人科教室に移って、磐瀬教授の指導を受けることになった。早速分娩室係を命ぜられ、隔日の当直ということになった。教授は、私が自宅の病院で十分に経験を持っていると考えていたらしいが、私は何も知らないので困った。しかし私の上には主任がいるので、当分は見学をして居ればよい。ただ当直の夜は何回も呼び起されるから、いちじるしく寝不足になった。

この教室には俳句を解する者が一人もいなかった。南仙臥もすでに去っていた。ある一人は私の読んでいたホトトギスを見て「高濱きょこって、どういう女の人です」と聞いたりした。

私はむやみに血清化学研究室がこいしくなり、少しの暇を見出すと遊びに行った。素十も手古奈も待っていた。こちらが行かぬと向うから電話がかかって来た。時には「いまホトトギス発行所にいる。これからすぐに向島の百花園へ来い」などと言った。素十は、雑詠成績はあまりあがらず、一句級に落ちることもあったが、ホトトギス発行所で一日をつぶすことが多くなったらしい。血清化学教室へ行っても会えぬことがあった。

濱人の主観論で、いささかの動きはあったが、その他の面ではホトトギスは順調に大きくなって行った。天下太平といってもよい状態である。虚子は五月に九段の細川家の能舞台で弱法師を舞った。仕舞ではなく装束をつけて本当に舞うのであった。破魔弓では、たけしの案でこれに関する俳壇人の評を募った。能楽に関する知識をもっている人は殆ど無いから、皆いい加減な讃辞を呈した。

無事に舞い納めた虚子は非常に喜んで、やがて綾華宛の礼状が来たが、それには「高濱太夫より、破魔弓親方佐々木綾華様」とあった。虚子にはこういう一面もあった。

破魔弓も依然として賑やかであった。橙黄子は間組の用務で地方に出張することが多かったが、車中で煤窓漫筆なるものを葉書に書いて送って来た。いつも俳壇に対する辛辣な皮肉を含んでいて、私達は面白がったが、橙黄子はこのために中老組からは煙たがられた。

句会もよく催されたが、誓子はあまり出て来なかった。勉強家だから俳句のために予習を怠るようなことをしないのである。それに綾華や黄雨とも合わなかった。時々夜になって私の家へ来た。私はその頃神田を去って、本郷の新花町にいたので、誓子の下宿とも幾分近くなった。私達はホトトギス雑詠を中心にして論じあい、二人共草城の句が好きであった。草城はその頃破魔弓に小説体の文章を連載していた。

篠原温亭の随筆集「その後」が上梓された。温亭は青山会の人々から敬愛されたが、青山会はホトトギスの異端者の集りの如くに見られていたので、自然温亭は虚子に遠かったが、その温厚な人柄は誰にも認められており、その頃は雑詠にも続けて句を見せていた。

温亭は破魔弓の句会にもよく来てくれたが、私達は主として文章の指導をうけていた。温亭の俳句はあまり渋くてよくわからないのである。温亭はいつも「俳句は詠もうとするものを、八分で止めて置かなければならぬ」と言った。「八分どめならまだわかるが、あれでは六分どめだからねえ」と、私達は蔭で言ったり、時には温亭の面前で言った。温亭はそういうとき、何も答えず、ただにやりと笑っているだけであった。

「その後」の出版祝賀会が東京会館で催されたので、私達も出席した。この会では青山会の会員達が諸事を斡旋している。いつものホトトギスの会とはちがった空気であった。

来賓の祝辞がはじまって、何人目かに虚子が立った。虚子は演説が嫌いで、いつも低声である。耳を澄ませてきいていると、「その後」の中には、短篇と比較的長篇というべきものがあるが、その短篇はどれも面白くないと言った。これは私達にも穏かならずひびいた言葉だったので、青山会々員達の席は色めき、演説の終了をうながす意味の拍手が起った。虚子はなお語をつぎ、長篇はすべて立派なものである。温亭君がさらに長いものを書くことを期待すると結んだ。虚子としてはこの終りを祝辞としたかったのであろうが、なんとしてもはじめの言葉がつよく響きすぎたので、椅子に腰を下ろしたとき、二三のさびしい拍手が起ったのみであった。

「もう少しなんとか言いようもあったろうになあ」

「あれでは青山会はますます離反するね、そうすれば国民新聞との関係もわるくなるだろう」

「とにかく、今夜は少々肩身がせまかったよ」——そんなことを言いながら私達は家に帰った。

国民俳句欄は、震災後は元のように設けられなかった。俳句会は青山会館で催されるようになったが、虚子は出席せず、参会者の数も減少した。

東大俳句会もあまり活潑でなく、みづほの上京するような機会にだけ開かれた。素十の家で句会をひらくこともあったが、これも少し弛んで来て、句より雑談の方が多くなった。

手古奈が、新聞の鳴雪選に投句して見ると言い出した。止せといったが、一度だけどうしても載って見たいと言い張る。それなら一度だけでやめろ、その代り必ず入選する知恵を借してやると素十が言った。

「どんな知恵ですね。」

「しまいに武者一騎とつけるんだ。上の方はなんでもいい。武者一騎といえば、歴史もの好きの鳴雪は必ずひっかかる。」

「そうですか、それでは武者一騎をやりましょう。入選したら何か賞品を下さい。」

「よし、鳴雪の短冊をもらって来てやろう。而も武者一騎というやつをだ。」私も引っ込まれて一役買った。——鹿角《しかづの》の兜や月の武者一騎——という鳴雪の句を知っていたからである。

手古奈の句は間もなく新聞の俳句欄に入選した。私は短冊の約束を履行しなければならないので、鳴雪の信用厚い綾華に頼んだ。綾華は面白がって同行を承知した。

鳴雪の家は麻布の笄町にあった。綾華は酒店に寄って酒を一升買った。硝子瓶でなく、一升徳利である。おそらく鳴雪常用の酒であろう。私は短冊を三枚紙に包んで持っていた。

鳴雪は上機嫌であった。私は前に喜寿祝賀会のときに会っているし、鳴雪の次男和行とは同級なので、話の緒口はすぐついた。和行も一寸顔を見せたが、出勤するといって出て行った。

鳴雪は私の手元を見ていたが、

「なにか長いものを御持参のようでやすが、短冊でやすか」と言った。綾華は「そうです」と口を添え、すぐ硯をとり出して墨を磨った。

「なにか特に御所望の句がありやすか。」私はここだと思って、「鹿角の兜や月の武者一騎——というのを御願いしたいと思います」

「そんな句がありやしたかな。しかししかづのではありやせん。ろっかくでやす。それならそれを書きやしょう」と、鳴雪は気軽に書いてくれた。あとの二枚には略筆の絵を描いて賛をした。私はそれを持ち帰り、一枚を手古奈にあたえ、あとは素十とわけた。

どうも私達は弛緩して行くようであった。こんな事で弛んでは駄目だと思いながら、足を踏みしめる機会を摑み得なかった。私の雑詠成績はわるくないのだが、自分で満足し得るような句は殆ど無かった。

ある日、素十、手古奈にさそわれて石鼎の家へあそびに行った。石鼎は毛氈を敷いて絵を描いていた。

「僕にもこんな絵が出来るようになった。」言われて指さす方を見ると、唐紙の小点がなげしから垂れていた。墨一色で黒猫をかいたものである。石鼎はすぐ筆洗や絵具を片づけて座をつくった。

いろいろ話しているうちに、遠慮のない質問が出はじめた。

「先生はホトトギスに出さないで、鹿火屋ばかりに句を発表して居られますが、どうも私達はむかしの句のような迫力を感じません。」

「そうかねえ。俺は毎月これでもか、これでもか、という気持で出しているんだがなあ。」石鼎は髭のふさふさとのびた口をあけて笑った。

「それはね、ホトトギスといえば、とにかく舞台が大きいので、その舞台の照明にだまされて、句がよく見えるということもあるでしょうね。」

「そうなんだよ。誰もあの舞台には気を惹かれるんだね。俺なんか、はじめから教え込んで巧くした奴が沢山いるんだが、すこし腕が出来るようになると、みなホトトギスへ逃げやがるんだ。あれは全く罪悪ですよ。」

「罪悪はよかった——」

「いや、たしかに罪悪だね、こっちは本当に子飼いから教えているんだから——」

私達は、その後鹿火屋に投句していなかったが、子飼いではなく、この罪悪とは質がちがうから平気であった。石鼎はそれから技巧について語りはじめ、自分が嘗て創り出した言い廻しが、誰にも彼にも真似られ、流行をなしているのは、見ていてつらいものだと言った。

「それは、結局批評がないからそうなるんでしょう。批評があって、この技巧は誰が創始したものだ。それを形骸だけ真似てどうするのかといえば、いくら無反省の俳壇人だって、少しは考えますよ。」

「そうだろうか」と石鼎は信じかねる様子である。

「先生の居られた頃のホトトギスには、批評会があって、皆相当に突っ込んだ言い方をしていたでしょう？　あれがいまもあるといいんです。いまはもう雑詠の句を批評するなんて、それこそ罪悪と心得ている者が多いんですから——」私は主張をくり返した。

「いや、昔だって、外から見ているとね、突っ込んだ批評に見えるかも知れないが、なかの空気は嫌なんだ。——只今の虚子先生の御説のとおりで——なんてね、台詞がきまっていやがるんだよ。」石鼎はさもいやだというように言い放った。それからつづいてホトトギスの批評が出たが、私達はそれを聞いていて頗る気持がよかった。そこには何等自分の為を計ったり、自分の立場を弁明するような感じはなかった。

当時の鹿火屋の発行部数は千五百位であったろう。破魔弓は遥かに少く、三百に足りなかった。虚子は破魔弓を面白いといい、四五人の会員を世話してくれた。小さな雑誌の出来ることを喜ばぬ虚子として、こういうことは異例である。橙黄子も多くの会員をつくった。橋本多佳子などもその一人であった。それでも破魔弓は東大俳句会の遊び場の感があり、みな勝手放題のことを書いているので、ここで真面目に勉強しようとする人はなかった。「俺達がこんなに力を入れているのに三百足らずというわけはない」と素十はいきまいていたが、本当に読者はその位であった。

綾華の寺では十月に御取越ということがある。本当は十一月に親鸞上人の報恩講を修するのだが、十一月は寒いので、これを十月に繰り上げて行う。そこで御取越というので、寺では一年中で最も大切な行事である。行って見ると、庫裡には檀家から贈られた菓子だの野菜だのが置き並べてあり、綾華もなかなか手を明けられぬらしい。私と素十は彼の部屋に通り、破魔弓の読者カードを見ていたが、やはり三百には足らぬ数である。そこへ忙しげに綾華がはいって来た。

「破魔弓もこの有様じゃあ仕様がないな」と素十がいう。

「高野さん、察して下さいよ。私は毎日前金切の催促をしているのですがね、なかなか集って来ないのです。」

「それなら、もう一月さきまで払込んである読者も前金切にしてしまうさ。そうすれば沢山はいって来るだろう。」

「そんな馬鹿な、いくらなんだってそんな無茶なことは出来ません。」

「だって――破魔弓や前金切も御取越――っていうじゃあないか」と私が傍から言った。

「水原さんもわるくなったなあ、むかしはこんな人じゃなかったんだが、みんな高野さんが悪くしてしまったんだ。」

綾華は、法要に使った饅頭の、おもてに羊歯の葉を白く焼き抜いたやつを、ナイフで切り、火鉢の上に金網をかけて焼いてくれた。それがいかにも手に入っていて可笑しかった。

十一月にはいってから、いつもの人達で成田へあそびにゆくことになった。成田からは川名句一歩が安食まで迎えに来て、そこから舟で印旛沼をわたることになっていた。少し寒いが好晴の日で、沼から流れ出る長門川を舟で溯ってゆくと、まもなく水路はふかい蘆荻の中にはいってしまった。それを船頭が掻き分け掻き分け進むうちに、一羽の雁が舞い立って、その羽音に驚かされたりした。

沼にはもう一面に鴨が下りていた。入江の一隅など真黒に見えるほど群がっている。めずらしいので、花蓑は例によってそれを見つめたまま、誰が話しかけても答えなかった。

そのうちに急に風が吹き起って荒波が立って来た。はじめから一行六人と船頭とを乗せるには少し無理な舟で、舷と水とは近かったが、だんだん波の飛沫が舟の中にも入るようになった。岸からは大分漕ぎはなれていて、帰ることも困難である。ただ二三町さきに魞《えり》が見えて、そこに一艘の舟がいるから、そこまで早く漕ぎつけ、二三人向うの舟に乗せてもらうよりほかはなかった。

「なに大丈夫です。今朝出がけに吟行安全の護摩を焚いて来ましたから」と句一歩は言ったが、その効験も見えず、波は次第に大きく舟へうちかぶさって来た。

ようやくのことで魞に漕ぎつけた。向うの舟の男は気やすく私達を分乗させてくれた。もう魞の魚を揚げて仕事が終ったからである。

私達はその魚を見せてもらった。大きな鯉が一尾、五六寸の鮒が十尾ばかり、その他に鰡が二三尾混っていた。鰡は海の魚であるのに、どうして沼にはいって来るのかと不思議に思ったところ、その男は説明してくれた。

長門川を少し下ったところに閘門があって、それを落ちた水が大利根に注いでいる。平素閘門の上下では水位が異うけれど、秋の出水の時期にはほぼ同じ高さになる。大利根には海から上った鰡が沢山いるから、その頃に閘門を跳ね越えて沼にはいって来るのだそうである。

私達は二艘の舟にわかれ、あとは無事に成田側の入江に着いた。些かの金を渡すと、男は獲れた魚を全部持って行ってくれという。しかしそれを貰ったところで仕方がないから、向うへ戻して新勝寺へ行った。

この吟行から帰った後、たけしのところへ京都の王城から手紙が来た。それによると、東大俳句会を中心とした人々をつれて、正月に上洛してくれ、歓迎句会をひらく。ついでに東京対京都の野球戦をしたいとあった。

たけしから話をきいた私達は、歓迎句会もよいし、京都の風景を詠むのも望ましいことであるが、野球試合は困ると思った。どうせ本式の球を使うわけではなく、スポンジボールを使うにちがいあるまいが、それにしても野球の出来るのは私と素十だけである。あとは手古奈と三宅清三郎とが多少心得のある程度だ。清三郎は安田銀行員で、少し前から東大俳句会の一員になっている。おなじ安田銀行につとめる上林白草居の主宰雑誌「草」の同人だから、破魔弓の同人にはなっていなかったが、どちらかといえば「草」よりも「破魔弓」に近かった。

この四人だけでは、どうにも仕方がないと言っているときに、みづほが新潟から馳せ加わることになり、大畠一水も同行を希望して来た。みづほは東大の近藤外科医局のチームに加わっていて、私達とも試合をしたことがあった。一水は口では相当なことを言っているが、どうも腕前はあやしそうである。しかしこれで内野はまとまるとして、あとのたけし、花蓑、白草居の三人は全く野球を知らないのである。知らないものをメンバーに加えるのはおかしいが、一行が九人ぎりぎりなのだから仕方がない。そこでこれだけは謝まることにしようといったが、たけしと花蓑とは、キャッチボールだけ練習するからやらしてくれ、申し込まれたものをことわれば、俳句の競争にもひびくからという。そこでとうとう野球試合も承知することになり、一月四日出発、途中三河の棚尾に寄って、五日京都着と予定が決まった。

五　俳句の調べ

大正十四年、一月三日の夜行と、四日朝の汽車と、二手にわかれて私達は三河の棚尾へ向った。ここは花蓑の郷里に近いので、その門下が多いのである。港を見下す料亭の広間が俳句会場になっていた。風の荒い日で港には波が立ち、泊船の檣がはげしく揺らいでいた。すると沖の方から鴨の大群が翔けて来て、すさまじい羽音を立てつつ港の上を廻っていたが、やがて一斉に翼を収め颯と波間に下りた。句稿を見ているよりも、この方がよほど面白かった。句稿には妙な癖のある句ばかり並んでいた。

互選が終ると、批評も質問もなく、すぐ酒宴になった。地方の作者の中には酒のつよい人が多い。献酬頗る賑やかである。何に感激したのか知らぬが、七十に近い老人が涙を流しつつ若い人と話し合ったりしている。私は全く飲めないので、こういう時には実に閉口した。

就床したのが十二時すぎであるから、翌日京都行の車中では皆居睡りをした。花蓑だけが眠らずに、一人車窓外の景を眺めている。関ケ原をすぎ、米原をすぎて、琵琶湖が見えはじめると、窓をあけて写生をはじめた。冷い風が容赦なく吹き込んで来るので、しまいには手拭を出して頬被りをした。他の乗客達が迷惑そうな表情をしても花蓑は気附かないのである。夕暮ちかくなって京都に着いた。

すぐ自動車で、句会場である円山の「あけぼの」につれて行かれた。ここでいささか驚いたのは、句会の進行の非常に速いことである。東京では披講者が読みちがえたり、読み上げられた作者で名乗を怠る者があったりして、なにかと渋滞することが多い。ところがここでは皆吉爽雨の披講が頗る歯切れよく、作者は打てばひびくように名乗をあげるので、句会は飽っ気なく終ってしまった。ただ批評のないのは東京と同じことであった。

つづいてまた歓迎の宴である。京都には王城のように酒席のおもしろい人もいたが、量では東京方に及ばなかった。素十はみづほに盃をつきつけて

「おい中田、お前が大学に来たときは美少年だったな。一高にはお前のような少年は一人も居なかったぞ。」

「そうだったかな。」みづほは少しもてあましているらしい。

「俺はお前と手をつないで、大学の池のまわりを散歩したかったんだがね、とうとう言い出しそびれちゃった。」

「そんなら言えばいいじゃないか。いくらでも散歩をしたよ。」

素十はそのままみづほを捨てて置いて、花蓑の前へ坐り込み

「吃花親分ともあろうものが、小さな盃で飲むなんてだらしがねえ。そんなことだから印旛沼の藻屑になりかけるんだ。」花蓑は機嫌よさそうに笑っている。花蓑は作句に熱中して来ると少し吃る癖があるので、私達は蔭で吃花親分と呼んでいた。

「ドドと吃れば句が出来る」と手古奈が遠くで囃していた。

翌日もまた晴天で、私達は衣笠山の麓にある中学の校庭へ行った。砂まじりの土であるから霜解もなく、京都軍はすでに練習を開始していた。見ると技倆はほぼ互角であるが、こちらにはたけし、花蓑のようにキャッチボールも危い外野手がいる。そのうえ右翼に引っ張り出した白草居はすでに老体で、全く野球に興味がない。老体といえば向うの二塁手王城もすでに中老であるけれど、これは元気のよいユニホーム姿であった。

いよいよ試合がはじまり、劈頭からの乱戦で、腹をかかえるようなプレーが繰り返された。白草居は外套のポケットに両手を入れたまま、球が飛んで来ても一瞥を与えるだけなので、内野手がその球を追いかけねばならなかった。こんなことで東京方は押されどおしであったが、最後に逆転して勝った。六対四であった。

たけしは気が弱いので、「これは負けた方がよかったのではないか」と言う。花蓑は強気で「そんなことがありますか、この勢いで写生に出かけましょう」と勢附いたが、気がついて見ると時計がない。花蓑の時計は旧式で大きいのである。多分中堅を守っていたとき落したのだろうと、皆で守備位置へ行ってさがしたが見当らぬ。しかし、静かにしていると、どこかで時計の秒を刻む音がきこえるのである。結局花蓑のズボンのポケットに穴があり、そこから滑り落ちた時計が、ズボンの尖端にとまっているのを発見して大笑いになった。

その日は嵯峨を吟行して、帰りは夜になったが、ついでに野の宮も見ようというので、花蓑と私は王城に案内を頼んだ。真暗な藪道をしばらくゆくと、淡い月影が洩れて、そこに野の宮の社があった。

花蓑があまり熱心に見つめているので、私と王城はいささか倦きて来た。

「今夜はうまい時に出会いましたね。こう真暗で而も月があるというのは、おもしろい景です。」

「おっと待った」と王城がさえぎった。「そらもうこっちで作ったんや――野の宮や藪の穂風に月洩れて――ええやろう、これ登録して置くぜ。」

宿に帰ると皆が待っていた。花蓑の手帖を見たら「野の宮やさしわたりたる時雨月」と書いてあった。

「いくら京都が時雨の名所でも、今夜は降りはしなかったろう。親仁の写生もあやしくなって来たな」と私達は笑った。

翌日は自由行動で、夕方奈良の三笠山の麓の宿に落合うことになった。みづほは新潟へ帰るし、たけし達は大阪へ、私と手古奈だけが、夏以来微恙を養っている誓子を蘆屋に見舞い、途中法隆寺を見て奈良へ行くことにした。

　誓子との話がはずんだので、法隆寺に着いた時は夕暮近く、参観の時刻はすぎていた。私は俳句をはじめる前に一度来ただけで、今度は是非詠みたいと思っていたので落胆した。奈良の平野を染める夕映はすぐ消え、梨棚には寒い靄がなびいていた。

　奈良の宿にはすでに皆集っており、大阪から爽雨と田村木國とが参加して、また句会になった。大阪にも雑詠欄で好い成績をあげつつある作者が少くないのだが、京都と比べると地味であった。京都にも二派があって、泊月や王城はやはり地味な方だが、京大三高俳句会が若々しく派手なので、その方が代表のように見える。大阪では青畝が最も堅実であり、石鼎の育てた医専俳句会の人々も、すでに頭角を現していた。その上には相島虚吼のような大先輩もいる。爽雨は住友俳句会の一員で、年も若く作風も溌剌としていた。私達は四日のあいだに旅行中の草城を別として、京阪の主なる作者にあって、旅行の目的を達したわけである。

　翌朝は疲れのために寝すごし、京都へ出て急行車に乗る刻を失したので、関西線で名古屋へゆくと、折よく京都からの急行車に間に合った。私は名古屋駅のホームで買った新潮の新年号をひらいたが、そこには菊池、芥川、久米などの小説合評が載っていて、さかんなる議論が交わされていた。これ等の人々は一高時代に一クラス上だったので、私にはその議論がまのあたりにたたかわされているように思われた。

「どうしても俳壇に批評をとり入れなければいけない。そうでないと俳句は時勢からとり残されてしまう」と私はしみじみ考えた。

帰京してからもこの旅行のことは私達の話題になっていた。それは学生時代の旅行などよりも数倍愉快なものであった。「どうも不思議だな、俳句なんてばかにしていたんだが、俳句の話さえしていれば、一日すぐにつぶれてしまうというのは不思議なものだ」と素十は言った。私のいる産婦人科教室へも毎日のように電話をかけて来て、昼飯を食いに行こうとか、帰りに寄って行けとか言っては誘った。

私の方は教室の仕事が忙しくて困っていた。この科はいつも冬が忙しいのである。殊に手術を受持っているときは朝七時までに教室へ着かなければならぬ。一日雪が降りつづいた翌朝、まだ一人も歩いていない校内の道をゆくと、医学部の事務室の前の坂道に、学生達が集って橇遊びをしている。それに乗せてもらったところ、簡単な橇ながら眼の廻るような速度で坂を滑降し、余勢を駆って四五町もさきにある眼科教室の前まで行ってしまうのであった。

手術さえ済めば午後は楽なのであるが、分娩室を担当する場合は一層つらい。冬季には毎日十から二十位の分娩がある。外来診察を受けた妊婦は殆ど無料で収容されるからである。分娩はたいてい夜なので、眠ったかと思うとすぐにおこされる。一つ分娩が済むと、すぐに長い記録を書いて置かなければならぬ。つづいて次の分娩がはじまるというわけで、深雪の庭が白んで来るまで一睡もしないこともあった。

俳句も作れず、作る気力も次第に低下した。忙しいのが原因ともいえるが、決してそればかりではないことを私は知っていた。いままでに詠んでいた句が、殆どすべて景色や花鳥の描写ばかりで、自分の感情をわすれ、主観を捨てていた。だから句を読み返すと、景色は眼の前に浮んで来るが、その時の心の躍動は消えてしまっている。こういう俳句でなく、心がいつまでも脈々とつたわる俳句を詠みたいのだが、ホトトギスではそれを教えない。景色をただ描いていても、その景色の選び方に作者の主観は現れるもので、それで満足すべきだと説かれているだけだ。私はそういう勉強をしつづけて、すでに飽和点に達したといってもよいであろう。転換すべき時期に来て、転換すべきすべを知らぬために、倦怠《きざ》が萠したにちがいない。

しかし、このままで終っては、俳句を詠みはじめた甲斐がない。私はどうかして独力でここを脱け出したいと考えた。そのときふと思いついたのは、嘗て窪田空穂から教えられた短歌の調べということであった。私はなぜいままでこれに気づかなかったのであろうかと思った。これをよく考えて俳句に応用すれば、必ず沈滞期を脱し得るにちがいないと、明るい希望の灯がともった感じであった。幸い、私の担当は分娩室係から外来診察係に変った。外来勤務は午前中だけで、午後は全く自由であった。

私が空穂に就て短歌を学んだのは、大正十年の秋から二年間である。当時血清化学教室にいた先輩の一人が小児科医宇都野研と懇意であったので、研の主宰していた短歌雑誌「朝の光」の一隅に俳句を載せていた。それで私にもこの欄に俳句を出さぬかという話があったが、その句は全く素人の句なので私は気が進まず、短歌ならば学んで見たいと思った。

そのとき、朝の光は窪田空穂を指導者に迎えることになり、横浜の三溪園に吟行があったので、私は喜んでそれに参加し、その後も引続いて朝の光に短歌を提出して空穂の指導をうけた。空穂は当時、歌集「青水沫」の歌を詠んでいた時代で、四十二三歳、気力が充実していた。やさしい人柄でありながら、歌の指導にはきびしく、歌会に於ては必ず参加者の歌を全部批評した。朝の光は会員が少くて、歌会の出席者は二十人に足りなかったが、それでも一人三首、合計六十首に近い歌を批評するというのは、俳壇には例のないことであった。批評は丁寧であるが、時には鋭く、いい加減に詠んだ歌の作者はいつもその歌因を追窮された。それで私達は他人の歌の批評される時は面白く、自分の番に廻って来ると常に胸がふるえた。

吟行に出かけたこともあり、一夜百首を詠んで批評を聴いたこともある。十二年になってから、私は空穂の家へも行って指導をうけるようになり、朝の光の同人にも加わったが、震災以後は仕事も忙しい上に、友達が俳壇に多かったので、俳句だけに専心することにした。

空穂は常に「歌は調べなり」と言った。歌を朗詠するときの音調も独特のもので、その調べをしみじみと味わいつつ吟じているようであった。「歌は調べなり」という意味は、歌は抒情詩である以上、心を主とすべきものであるが、その心は概念的に述べられるものではなく、調べによって伝えられるべきものであるという意味であった。

私はこの事を思い出し、その調べを成す分子は何であろうかと考えた。まず選ばれた言葉そのものが、作者の心をよくつたえる場合と、つたえぬ場合とがある。同じ意味を持つ言葉にも、それぞれちがう陰翳があるから、作者の心と同じ陰翳を持つ言葉を選ぶことが大切である。また、言葉のもつ母音のひびきと心の関係も考えなくてはならぬ。さらに大切なことは、選ばれた言葉を配列したときに、その全体を流れるひびきと、心とが一致するかどうかということである。私は調べについて小論を書いたことがあるが、それはホトトギスを去った後のことで、この当時は、以上述べたものの総合が調べだと思った。これを俳句に応用してゆくのである。

短歌の三十一音に対して、俳句の十七音はあまりに短い上に、表現の型が出来やすい。一例をあげれば、第一音節の五音をやで切り、第三音節の五音を名詞で止めるなどは、最も多く使われるものである。而も一度型に嵌った表現をすれば、作者の心は全く生命を失ってしまうのだが、俳句に於ては種々なる型が出来ていて、その型に嵌めつつ詠む作者が過半を占めている状態であった。

私は、まずこの型を破棄することを心がけ、次に不自由な十七音にも、出来るだけの抑揚をとり入れて、調べを自在にすることを心がけた。空穂はよく日常の生活に取材した歌を詠む。それは一見平凡で、誰でも考え得ることなのだが、空穂によって詠まれると、不思議なひびきを以て読者の胸につたわる。これが調べの力なのである。私は理論から入るよりも、多くを読んで実地に調べを会得したいと思った。こういう時、学生時代に買いあつめた歌集があれば役に立つのだが、それは震災のためにすべて失ってしまった。私は暇ある毎に町の書店を廻り歩き、前の所蔵にまさるだけの歌集をあつめて日夜耽読した。空穂の歌集のほかには、斎藤茂吉の「赤光」、「あらたま」、島木赤彦の「氷魚」、中村憲吉の「松の芽」、北原白秋の「雲母集」、「雀の卵」など。それが終ると万葉集に移り、あらゆる評釈書を参考として読んだ。

こういうときに素十は話し相手にはならなかった。彼は本を読むのが面倒で、それよりも百花園へ写生に行く方がよいという。私と志を同じくしたのは誓子であった。彼も事をはじめれば熱中する性質で、私の読んだ歌集はすべて読んだ。時には毎日会って話しあうこともあるし、時には一週間も十日も会わず、互いの勉強ぶりを脳裡に描いて頑張り合った。私はようやく十七音に調べを使い得る自信が出来、同じ言葉を二度くり返す技巧をも俳句に応用し得ると考えるようになった。

しかし、こういう勉強は、机上の勉強であるから、これだけに終ると、句は空想的なものになりやすい。それを避けるには吟行に出て新鮮な自然に触れるのが第一である。誓子はあまり吟行を好まないので、私は一人で郊外に出かけた。一番よく行ったのは葛飾である。私位の年輩の者は、小学か中学時代によく葛飾へ遠足に出かけた。その頃の葛飾は水郷の風趣があり、真間川から岐れる水が、家々の前に堀をつくって、そこに蓮が咲いていた。梨棚も現今よりは多く、垣根に桃や連翹を咲かせている家が散在していた。そういう記憶をなつかしく思って、私は葛飾へ出かけたわけである。

いま見る景は索漠たるものであったが、私の眼には昔の葛飾が残っており、それが現実の景と重なった。私はそれを好んで詠んだ。歩くコースはいつもきまっていて、市川から手古奈の社を通って真間山に登り、それから国府台に出て、江戸川の堤を歩き、渡し舟で柴又に渡って電車に乗るのである。時に素十や手古奈と同行すれば、柴又の川甚で夕食をして帰るのがならわしであった。

大垂水峠へもよく行った。ここは高尾山の山つづきで、武蔵から甲斐へぬける道すじである。登り路は左右から山が迫っているが、峠の頂上に出ると、眼界が急にひらけて、相模川の深い谷と、その上に重なる険しい山々が眺められた。富士も手にとるように近い。而も、ここから与瀬駅へ下る道がいいので、相模川に沿う村々には俳句の題材が極めて豊富であった。

私は、葛飾や大垂水の景を、いままでとはちがった手法で詠んだ。誓子の句も面目を一新したものになった。こういう事は俳壇では異端視されることで、私達の句は忽ち万葉調と呼ばれたりしたが、そういうことを言う人の多くは万葉集を手にとったこともないのであった。

虚子は私達の句を採り、新らしい境をきりひらいたものとして認めた。私達はそれに力を得て勉強をつづけた。たけしは、元来淡々たる趣味の人で、句風にも独特の軽さはあるが、ものごとを突き込んで考えることが嫌いなので、私達の句に就ては何も言わなかった。花蓑は黙々として自分だけの勉強をつづけている。素十とは吟行を共にしても、ちがった考えの下に句を詠んでいた。

泊雲がめずらしく雑詠投句を休んだ。十余年来ないことで、誰もが驚き且つ怪しんだ。初夏に虚子が西下したとき、京都の句会に出席した泊雲は自己の考えを吐露したそうである。それは私や誓子の句に対する反対説であったが、虚子はその誤れることを丁寧に説明し、泊雲も納得したということを、私はたけしから聞いた。泊雲の如く傍目もふらず対象をそのままに描く努力をつづけて来た人に、私達の句が不思議なものと見えるのは当然であった。しかし、いつまで泊雲の時代がつづいたのでは、新らしい作者達はやりきれぬ筈である。泊雲の時代もすでに末期に近いと見ていた。これからは主観の匂いの濃い俳句の時代である。私達は泊雲の時代である。私達は極力それを押し進めなければならぬが、いずれはまた自然描写に専念する人達が、新らしい研究を完成して、雑詠の代表となる日が来るかも知れぬ。それは俳句の進歩のために当然あるべきことで、私達はその場合さらに一層新らしい研究をはじめ、それを完成させればよいのであるが、そういう激しい動きを指導してゆく場合、選者は作者に数倍する勉強をしなければならぬ。私は当時の虚子を信じていたが、勉強をせぬ虚子の力がいつまでも続き得るとは考えることが出来なかった。

夏に入って私は休暇を得たので、一人で潮来へ吟行に出かけた。潮来ははじめて見る景であり、必ず新鮮な印象を受けるであろうと期待していたのであった。友達を誘えば楽しくなるが、俳句の収穫は半減してしまう。佳い句を作って来て皆を驚かしてやればよいのだと思った。

初めの日に佐原までゆき、利根の堤下にある宿に泊った。ここの二階から見た晩涼の利根の景は素晴らしかった。私は四季のうち夏の景が好きで、青い色彩にあえば句が詠めるのであるが、佐原の港に生い茂る真菰や、夕風の中に鳴く葭切と鷭の声とは、私に期待以上の印象をあたえた。

翌朝早く佐原を出る車蒸汽に乗り、私は甲板の上の莫蓙を敷いた席に坐った。日覆はあるけれど、風が吹く毎に飜って、夏日は容赦なく直射する。しかし私はその暑さも忘れて展開する水郷の景に見惚れた。牛堀から霞ケ浦を見る景も面白く、頽廃した潮来の町にも趣があり、ただ板を架け渡したにすぎない十二橋も見すごすことは出来なかった。私の句帖はそれまでにない速さで埋められて行った。

船が鹿島の大舟津に近づいたとき、私はそこの大黒屋という宿屋に、かつて血清化学教室で給仕をしていた少年のいることを思い出した。人なつこい性質で、教室を去るとき、鹿島へ来たら寄って呉れと、くり返して言っていたのである。私は鹿島神社の美しい泉を見て、帰途に大黒屋によって見たが、その少年はすでに肺患のために死んでいた。私はそれを哀れに思い、帰京してすぐ「南風」という文章を書いた。これはホトトギスの七月号に載せられた。

潮来の句は、二ヵ月に亙って雑詠に投句した。成績もよく、新潟のみづほから手紙で褒めて来た。ある日発行所へ行くと、虚子は私に向って、「この頃のあなた方の句は、毎月新らしい面をひらいてゆくので、今後どういう風になって行くのか予想がつきませんから、雑詠を見るのが非常にたのしみになりました」と言った。私は勉強の仕甲斐のあったことを喜び、それを誓子にも話した。

秋のはじめのことである。編輯を任されたたけしは、花蓑と私とをまねいて雑詠の句評を試みた。これを筆記して虚子に見せようというのである。私の待っていた雑詠批評の機会であった。まず第一にその月の巻頭を占めた泊雲の「玉苗にマッチの煙や誘蛾燈」という句がとりあげられたので、私は次の意味のことを言った。「玉苗」は苗の美称であり、「煙」を「けむ」と読ませることは俗である。この矛盾のあるために、折角のよい観察が無駄になってしまう。むしろ、「マッチ」を「マチ」と言い現わし、「煙」を正しく「けむり」と読ませる方がよいであろうと。

この説は虚子によって正論と認められ、筆記は雑誌にも載ったばかりか、続けて行うようにという話があった。私達は喜んで引き受け、出席会員の人選をした。

風生も欧洲の見学から帰ったし、紫雲郎も東京勤務になって上京した。この二人の先輩の加わったことで東大俳句会はまた旺んになった。風生と紫雲郎とは東大の同期卒業であった。

紫雲郎は、京都在勤当時、自分の雑詠成績はよくなかったが、野風呂、草城、誓子等を養成したことを誇りとしていた。実際にそれだけの功績はあったらしい。紫雲郎は実に好い人であるが趣味が古くさく、その文章を見ると、自分の養成した人々を御曹子と呼び、これに対して私達のことを東夷と呼んでいた。私達は馬鹿馬鹿しさと腹立たしさとで、紫雲郎東上せば眼に物見せんと待っていたのであった。

しかし、その頃の京大三高俳句会を見ると、誓子はすでに上京して東大俳句会にいるし、野風呂は衰え、草城も極度の不振に陥ったので、こちらは好敵手を失ったかたちであった。残る仕事は私達互いの勉強で鎬をけずり、東大俳句会全体を向上させて行くことである。会員相互の間にも節度があり、且つ甚だ親密で、素十、清三郎の如きは傍若無人の言葉を吐くこともあるが、それも適確な効果をねらう頭の働きをもっているので、殆ど理想的の会といい得るほど楽しいものになっていた。

山口青邨は、すがすがしい人柄で、あまり人と繁く交ることを好まず、一時は殆ど会合に出席しなかったが、この頃からまた顔を見せるようになった。二高時代には野球部の主将であったが、謹厳を極めた態度であったという。しかし選手をしただけあって、芯は朗らかな気質であり、はじめは雑談の横行に眉をひそめていたが、そのうちに哄笑の仲間に加わるようになった。

この年の終に、ホトトギスの雑詠は五句募集と改められた。それまでは十句募集であったが、投稿激増のため、虚子の労の加わることを懸念するのが理由であった。ホトトギスではこういうことを、他雑誌を顧慮せずに断行した。そうするとやがて他雑誌もこれに倣うのが例である。それだけホトトギスは権威を持っていた。はじめはこの五句募集断行に不平の声もあったけれど、考えて見れば一月のあいだに自信ある作を十句詠むのは非常な難事であった。五句位が却て適当である。もしそれ以上出来た場合は、それから会心の作を選んで、自選の力をつければよいわけである。私達はむしろこの改正を喜んだのであった。

しかし、一般には随分多作の人もいた。毎月五十句、百句を作るのはおどろくに足らない。二百句三百句という人も四五人は知っていた。どうしてその様な数が出来るのか、私には全くわからぬことであった。私は寡作で、月に二十句詠めれば非常な収穫であった。そういうときにはホトトギスへ投句した剰りを破魔弓に載せた。

破魔弓は相変らず東大俳句会の遊び場で、相変らずの部数であった。どうしてこう発展しないのかと綾華は嘆いていたが、そのたびに私は題名がいけないのだと言った。破魔弓などという古くさい題名の雑誌に若い人達の集るわけはないのである。綾華は折角鳴雪が名附けてくれたのだから、題名を変えることは困るといって、承知しなかった。

大正十五年の一月十一日、六歳になった長女の千枝子の誕生を我家で祝っているところへ、篠田悌二郎と瀧春一とがはじめて訪ねて来た。二人とも若い三越の店員で、純粋の破魔弓系の作者というべきものであった。それまでの人々はすべてホトトギスを主としていた。創立者の綾華や黄雨がそうだし、私にしろ、素十にしろ皆そうであった。悌二郎と春一も、ホトトギスに投句し、国民俳句会に出席してはいたが、それは自覚して進んでいた道ではなく、今度ははっきりと破魔弓によって進みたいと考えたので、私を訪ねてきたと言うのであった。

ホトトギスでは、この年の二月号所載のものから虚子も雑詠句評会に加わるようになった。それまでは、私達の合評のあとへ附記をしていたのであるが、句の解釈に誤謬があったり、議論が逸れたりするので、やはり監督の必要があると思ったのかも知れない。或はまた多少の興味を感ずると共に、これを毎月の主要記事にしようと考えたのかも知れない。私達も虚子が出席することを聞いて緊張を感じた。

この月の出席者は、花蓑、風生、たけし、私、誓子の五人であったが、さすがに虚子の前では、思う存分のことも言えなかった。虚子は雑詠の中から優秀な句を選び、一人を指名してまずその解釈をさせ、次に異説のあるものにはその異説を述べさせた上で、自分の評を述べるという順序をとった。私達は、提出された句が雑詠中でも優秀なものであることを知っているだけに、言うことが御座なりの褒め言葉になってしまった観がある。なにも強いて異を樹て、出題句を難ずることはないのだが、どの句にも全面的に感心しているわけではない。その感心せぬ理由を述べ、虚子の教を受けるのでなければ、この会を催す意義はない筈である。私はそれが我ながら歯痒く、出来るだけ会の空気を自由にしたいと思い、他の人々にも話して見たのであった。

中田みづほが新潟医大教授として、視察のために外遊することになった。虚子は「雲の笠博士の蓑も新らしく」と詠んではなむけとした。

二月二十日、内藤鳴雪が死んだ。旧臘脳溢血のために倒れ、引きつづいて病床にあったのである。八十歳であった。鳴雪は子規以来ホトトギスとは関係が深かったが、この頃では長老として尊敬を受けているだけで、雑誌の上でも古い人々の合評会などに附記を寄せている程度であった。芸術的に高い俳句はあまり残して居らず、立派な識見も持っていなかったが、人柄はすっきりとしているし、座談も面白かったので、誰にも好意を寄せられていた。

虚子は四月号の消息欄に、次のような文章を書いて悼んでいる。

鳴雪翁二月二十日午後八時、遂に逝去被遊候。惜しみても余りある事に候。併し生来余り壮健なる体にてもなきに八十歳の高齢を保たれしは全く心身の養生宜しきを得たるによること、存候。病に臥されて後も驚くべき元気を発揮されしは全く敬服の至りに候。唯脳溢血に冒されては万事休す。かねぐ〵仰せられし、「私も辞世の一つ位は読みますぞ」との御覚悟も無駄となり申候（以下略）

また、村上鬼城は「春寒し」と題する悼文を寄せ、「白梅の今は涙や老仲間」という句を添えている。鬼城も身体衰え、作句にもようやく張りを失って来たので、特に心淋しく思ったのであろう。その他数氏が引きつづいて哀悼の文を寄せていることによっても、鳴雪の人柄はわかるのであった。

五月号の巻頭に、虚子は近詠九十一句を載せている。「大正十四年八月号に発表せし以後の句」とあるから、約九ヵ月の収穫である。

この近詠を通覧すると、同じ季語を使ってある句の多いことが特に眼に立つ。たとえば燈籠四句、玉子酒四句、椿三句、木犀三句の如きものである。これを見れば句が句会で詠まれたことがわかるのであって、虚子の作句の大半は句会の産といってよい。この頃の虚子は毎月十を越える句会に出席していた。

句会で詠む句はどうしても空想作となりやすい。たとえば「椿」という題が出るとすれば、いままでに見た椿の花を思いおこし、或は椿を中心とした景を眼前に組み立てて詠むのが普通である。その場合どうしても空想の混入するのはやむを得ぬことで、句は生気を失いがちである。ただ句会の席上から見得るものを題材とする場合が例外となるだけである。こういうわけで、虚子の句の多くが句会の産であることに、私は不満を感じていたのであった。

しかし、句会に於ける虚子の勉強ぶりには敬意を表せざるを得なかった。私などは専ら野外写生派であるから、句会となるとはじめから気乗りがせず、左右の友達と雑談を交すうちに時間が経過してしまう。ところが虚子は終始傍目もふらず作句しつづけ、一度も雑談に加わったのを見たことがない。締切時間が来れば直ちに規定どおりの句数を投じ、清記の仕事も分担した。だから互選の成績にも興味をもち、披講に耳を傾けていた。

「叔父さんはどうも今日機嫌がわるい、昨夜の句会で点がはいらなかったから」とたけしが言ったことがあるが、それほどでないにしても、虚子は句会の題詠に真面目であった。

近詠から数句をとりあげて見よう。

セルを着て肩にもすそに樹影かな
涼しさの團扇を置きぬ卓の上
涼風の暫くしては又來る
花火稍あきたる空の眺められ

これ等の句のよろしさは、空想の混入の殆どないことである。題詠ではなかったか、或は題詠であったとしても、その席上で実際に見た景なのであろう。どの句にも実感がとおっており、拵えたあとは微塵も見えない。「涼風」の句など、あまりにただ事のように思われるかも知れぬが、端居をしつつ、その風に面を向け、心中に何もなく、風にのみ心を置いているさまがまことによく現れていると思う。風を詠んだ句というより、むしろ作者の心をあらわした句であることを調べの上から論理的にも証明し得るのである。

美人繪の團扇持ちたる老師かな

役者繪の團扇尙ある伯母の宿

月待つと樓上にある君子かな

父母の夜長くおはし玉ふらん

大江の兩岸の芦刈るとかや

風邪の咳お僧絶え入るばかりなり

これ等には前例とちがって空想のあとが明らかに残っている。老師が美人絵の団扇を持ったり、君子が楼上に月を待っていたり、どうも現世のこととは思われぬ。明治時代のホトトギスの選集である「春夏秋冬」や「新春夏秋冬」を見ると、この類の句が多くあるが、それが大正十五年に現れるというのは合点のゆかぬことであった。

人影の太くぼやけて夜長窓

後れ來る日向ぼこりの仲間かな

落ちて皆転る花や椿坂

これ等はただつまらないと私は考えたが、こういう句でも虚子の作となれば有難いと思う者が多かった。殊に「夜長窓」とか「椿坂」とかいう造語は随分無理である。意味はわかるにしても品格は落ちる。こういう造語を虚子は平気で使ったし、またそういう句も平気で採った。従って雑詠欄にこの種の造語のふえて行くのが眼に立って、それが雑詠の権威を低下させた。

五月のホトトギス発行所の例会に行って見た。いつもより賑やかで、峰青嵐、目黒野鳥、岩田紫雲郎など、平素顔を見せぬ人が出席していた。

題は「麦藁」と「雨蛙」であったが、虚子は名合今更の詠んだ

螢打つ麥藁細工すてゝあり

という句を採り、「この句は蛍狩に出かけて、団扇などで蛍を打っていると、その道端に麦藁細工が捨ててあった。即ち意味は蛍打つで一度切れ、それから麦藁細工捨ててありと別なことに移ってゆく。こういう叙法は新らしいものです」と言った。私はそんな叙法もあるのかとおどろいた。これは明らかによい叙法ではなく、無理だと思った。作者今更は弁護士であるが、その職業を思わせぬ童顔で、いつも縮緬の帯を無造作に結び、時計の金鎖をいまにもずるけそうに巻き附けていた。

虚子の批評に対して、野鳥が発言した。私は「これは何か起る」と思った。野鳥は嘗て

課題句の選者であったが、ホトトギスとはとかく疎遠で、温亭と共に青山会の指導者というような位置にあり、それを虚子がこころよく思っていないことは、かねて察していたからである。

「私はこの句について、先生とちがう解釈をしています。蛍打つは当然麦藁細工にかかるべきもので、田舎ではよく蛍を打つ麦藁細工をつくります。叙法からいっても、そうとるのが自然ではないでしょうか。」

「あなたはそう解釈されるか知りませんが、私は前に説明したような意味で採ったのです、あなたの解では平凡になってしまうでしょう。」

「平凡になるかどうかわかりませんが、私の解の方が自然だと思います。」野鳥は敗けずに押し返した。虚子は勃然として色をなした。

「選者というものは、句を自分の考えのように解して採るものです。ですから私はいつも選句は選者の創作だと言っています。」

これに対して、温亭が何か妥協案のようなことを言ったが、席は各自の意見でさわがしくなり、温亭の低声はききとれなかった。野鳥は再び立ちあがって言った。

「それでは今更君の作意はどうなのです。先生と同じですか。それとも私と同じですか。」

こういう場合、ホトトギスの作者は、たいてい「先生と同じです」と言うにきまっている。これで勝負は決したと私は思った。ところが今更は

「いや、私の作意は野鳥先生の言われた通りです。私の郷里では麦藁細工で蛍を打ちますから、それをそのままに詠みました」と言った。さすがに彼の童顔は緊張していた。虚子は憤然として

「作者の作意ばかりが尊重され、選者の解釈が認められなければ、私はホトトギスの雑詠を選することは出来ません。」そう言うと、机上にあった帽子と風呂敷包をとり、あらあらしく扉を排して出て行った。皆唖然としてその後姿を見守ったが、会はそれで自然に終りとなった。

「どうも今日の句会はおもしろかったな。先生はどっちの説をとるね」と、帰途の喫茶店でコーヒーを飲みながら素十がいう。

「野鳥説をとるね。第一、蛍打つで一度きれるなんて、そんな無茶な叙法はないよ。素十先生はどうだ。」

「おれもまあそう思う。しかし、紫雲郎が御家の大事とばかり、なにかしきりに言っているのが、あの騒ぎに押されて少しも聞えなかったのは面白かった。」

「それにしても親仁さん少し怒りすぎたね。野鳥という敵役が大きかったせいもあるのだがな――」

実際虚子はその頃よく怒った。雑詠句評会などでも、少し異論があると顔の色が変った。平素は人一倍落着いているのに不思議なことである。一つには虚子が雑詠選を非常に

大切に考え、自己の創作とも思っているほどなので、それに異論を挟まれることが不快であったにちがいない。私達は句評会の帰りに折々鬱憤をもらした。

「ああ頭からきめつけなくてもいいだろうに。」

「そういう解をするのは未だ至らざるものです――と来るからね。あれがただ話だけで終るなら構わないさ、ところが堂々と雑誌に載って、きびしくやっつけられていたのでは、地方の連中なんかが読むと、よほどの馬鹿に見えるだろう。」

「どうも先生この頃血圧が高いのではないか、血圧が高いと怒りっぽくなるそうだから――」と、真面目に心配するものも出て来た。そんな具合で、雑詠句評会は甚だ面白くなかったし、また飛び入りではいって来る者もあった。虚子は句評会のあるとき、発行所に居合せたものは誰でも発言させたから、中にはその当日発行所に待ち受けていて仲間に入り、句評会に参加していることを以て、地方の人々へ自分を売り附けようとする者さえ出て来た。どの点から見ても句評会はもう駄目であった。

俳句は選者の創作であるとか、選者と作者の合作であるとかいう説も私は承服出来なかった。初学者の場合は作に自信がないのであるから、或は選者の力が作者以上であると言えるかも知れぬ。然しすでに十年も俳句に精進した作者が、いつまで選者から初学者の如くに見られることは不当である。かりに選者の解釈が作者の作意以上に出て、その句が一層よくなる場合があったとしても、その選者の力は十分の二三であろう。それが対等であったりすることは決してない。況や俳句は選者の創作であるなどという説は、作者を全く無視したものだと私は思っていた。

夏もようやく闌わの頃、風生の家で青山会が催された。二階を開け放して夜風を入れ、参加者は皆上着を脱いでいた。野鳥、橙黄子、衣沙櫻などが特に高声で談笑していた。

互選で素十が野鳥の句を採り、それが披講されると、野鳥は大きな声で「野鳥」と名乗り、「凡中の凡」とつけ加えた。また一句出ると、同じように「野鳥、凡中の凡」と言った。これは選者の無能を笑うようにもきこえた。素十は私の腕をついて、「凡中の凡なら、そんな句は出さない方がいいじゃあないか」と言った。

披講が終ると、衣沙櫻と野鳥が議論をはじめた。衣沙櫻は陸軍少佐で、何を言うにも大声であった。橙黄子がとめたが、野鳥は怒りが止まず、一人さきに帰るといった。そうして慌てて上着を着ると、ポケットから数枚の銀貨が飛び出して廊下にちらばった。野鳥は慌ててそれを拾い集めて帰って行った。

九月号の雑詠で、素十がはじめて巻頭になった。静かに落着いた句境で、自分の信じているとおり、慌てず急がず勉強していることが、そのままに現れていた。

九月二日、篠原温亭が死んだ。平素あまり酒を嗜まぬように見えたが、病気は脳溢血である。小柄な人で、いつも控え目に蔭へ蔭へと廻っているような感じをあたえた。早く夫人にわかれ、長いあいだの独身で、家へ行って見ると、草花などを造りながら、淋しそうにしていた。こういう性格であったから、却て多くの人から慕われたのであろう。ホトトギスにとっても、この温厚な先輩を失うのは大きな損失であった。青山会の雑誌「土上」はその後青峰が選者となった。

ホトトギス発行所では宵曲が辞任して、松本董雨が入り、一水が協同して校正その他の雑務に当っていた。董雨は服部耕石門下の俳人だが、そのことはあまり語りたがらない様子である。まだ三十位の年齢なのに、両頰から顎にかけて長い髯が延びているので、どうしても四十以上に見えた。一水はたけしの義兄になっているが、たけしとちがって口が軽いから、素十や手古奈のよい話相手であった。董雨も次第に気心がわかって来て、粗雑な言葉で口をきき合うようになった。

雑詠の成績がわかると、たけしから電話が来る。時を移さず私達は発行所にかけつけた。董雨は選稿を原稿紙に清書しなければならぬのであったが、私達がいつまでもそれを手放さぬので、困りはて、「君達はそんなに虚子の選が有難いのかね」などということもあった。しかしそのうちに彼も投稿をはじめ、一句級の隅にその名が現れるようになった。

校正はうまかったとはいえない。誌面には誤植が多くなった。一水が校正しても同じことである。ある日発行所へ行って見ると、二人は校正に夢中で私を相手にしない。私も黙って傍の椅子に腰を下し、その様子を見ていた。

「たのむよ、小父さん」と一水が声をかける。そういう一水の方が少し年長なのである。

「うん」と菫雨が応ずる。

「ええ願いましては、一畝の物の芽遅速ありにけり、丹波の西山泊雲也、宿院のかたき枕や花の雨、大阪の後藤夜半也」などと言っている。これでは誤植のあるのが当然である。

「おっと待ってくれ。この雨が雲になっている。」

「いいかい小父さん。」

「うん。」

「それでは又願いましては、田楽を煽ぐ火風や床几まで、金沢の小松月尚也、春雨やまだ顔知らぬとなり客、福岡では久保のより江也」

私はあきれてその面白さにきき惚れていた。二人はなおも調子に乗ってその頃五百五六十句あった校正を片附けてゆくのであった。

八月号に、中田みづほが滞欧作を以て雑詠巻頭になった。みづほは東大俳句会の先輩であるが、素十より一月遅れたわけである。ところが困ったことに中田という姓が誤植になって、田中みづほと発表された。みづほはこの雑誌を見るなり私に手紙を寄せて、「君は何度か巻頭になっているからいいが、自分は今度がはじめてで、而もおそらく生涯に一度のことだろう。それが姓名を誤植にされては泣いても泣ききれない。東京に居ながら、印刷前に訂正してくれないとは、友達甲斐のない男だ」と言って来た。私はみづほの心境に頗る同情したが、これも一水達が中田のみづほ也などとやっていたからだと思うと、可笑しさがこみあげて来た。みづほは素十と同級であったが、東大俳句会に関する意見を素十には言わず、常に後輩である私に洩らして来た。それには折々訓戒めいたものも混っていた。

十月号の編集の一部を私は虚子から任されていた。恰度この号でホトトギスは三十周年になるのである。子規はこのようなとき、いつも面白い案を立てたものだそうで、虚子は私にそのことを話し、三十周年を記念する興味ある立案が欲しいと言った。

私は、素十、清三郎、手古奈を集めて協力を頼んだ。そうして「ホトトギス三十年祭」というものを作った。祭典があったり、神輿が出たり、見世物の興行があったり、競技があったり、それを一々相応しい作者を持ち出して担当させる趣向であった。楽屋落ばかりの馬鹿馬鹿しさであったが、非常に歓迎された。富山にいた前田普羅からは次のような葉書が来た。

「ホトトギス三十年祭」は結構なる御催しと存じ候。然しながら小生の歌沢独唱会が余興中に加へられざりしは委員諸氏の重大なる失策と思はれ申候。万一日延べとも相なり候はば是が非でも余興に小生の歌沢独唱会を添へられ度、経費は自腹を切り申す可く候。

右申入れ候。とやま市にて。　　　　　　　　　　「更科そば」主人更科そばというのは、その少し前に普羅が蕎麦の喰い方に関する随筆を書いていたので、祭典の夜店の中に、普羅経営の「更科そば屋」を加えて置いたからである。旅中の橙黄子もまた葉書を寄越した。

ホトトギス三十年祭は好評嘖々、殊に大禰宜の読む祭詞は名文といふことです。どうも悪才の発達したものだ。云々

悪才といえば橙黄子の方が私達より先輩であった。もし橙黄子が在京であったら、私は第一に彼の助力を依頼したにちがいない。

みづほからも後に手紙が来た。それには、東大俳句会悪才倶楽部のものするものは、まことに面白いが、地方の読者は楽屋を知らぬから、半分以上はわかるまい。とにかくいい加減にせぬと、憎まれ者になるから気をつけるように、とあった。

虚子はこの「三十年祭」を喜んで、私達は礼をもらった。「あれが原稿料になっては冷汗ものだ」といいながら、私達はそれを持って晩飯を食いに出かけた。稿料はたしか七十円であった。

私が医学部に提出してあった論文が、十二月に入って教授会を通過した。雑詠句評会で発行所へ行ったとき、私は虚子にそれを報告した。虚子は「あなたは俳句ばかり作っているのに、いつのまにそんな論文を書いたのですか」と言った。

京都の京鹿子発行所から、俳句叢書が出版されて、すでに野風呂と草城の句集が出てい

たが、この月私の「南風」も上梓された。これはホトトギスに入選した句と、随筆とを輯めたものであった。こういう場合、虚子に序文を乞うのが礼儀のように考えられるが、虚子が門下の句集の出ることを嫌うという噂は前からあった。私はそういうことを虚子から直接に聞いていないので、噂を信ずることは出来なかったが、また全然つくりごととも思われず、どこかそういうにおいはあった。そこで私はとうとう序文なしに本をまとめてしまったのだが、出版後も別にどうということはなかった。やはり単なる噂にすぎなかったのかもしれない。

中旬頃、私と素十とは虚子に呼ばれた。それは三菱地所部の副部長である赤星水竹居が、私達に会いたいというので、昼食を共にするためであった。丸ビルは三菱地所部の管理するところだから、ホトトギスにとっては店子と大家のような関係にあって、それまでにも水竹居は随筆を折々誌上に寄せていたが、甥である松浦海三が私達の先輩であるところから、急に会いたくなったということであった。水竹居は、長身で、ゴルフをするから、日焼けて健康そうな顔色をしていた。熊本の人で、その日は阿蘇山の話などを聞いて別れたが、その後東大俳句会との関係が深くなり、この人を間に置いていろいろの動きが起るようになった。

六　虚子庵忘年会

昭和二年一月二日、私は青邨、素十、清三郎を誘って三崎に吟行した。私は漁港の景を詠むことが好きなので、三崎港はよほど前からねらっていた題材なのであった。

よく凪いで、新年とは思えぬほど暖かい日であった。せまい町筋では追羽子が盛んで、林檣の上には紅い凧もあがっていた。まず魚市場へゆき、漁船から魚を揚げる景を見たのち、渡し舟で城ケ島へ渡った。砂浜には蒲公英が咲き、いま潮から引きあげたような鮫がころがっていたりした。

島をめぐるともう日暮に近かった。三崎に帰り、甲陽館という宿に泊った。青邨は風邪気味だといって青い顔をしている。素十と清三郎は好い機嫌で、夕食後もどこかへ飲みに出かけたが、私と青邨は早く床を敷かせて寝た。大分更けてから素十達は帰って来て、大声に呼びかけたけれど、私達は対手にならなかった。

翌日も快晴で、油壺へ廻った。湾の空にはあまたの鳶が舞い、その中に鳶形の凧もまじっていた。巌間の白砂に腰を下して、沖にむらがる岩礁をながめた。風がやや強くなり、うねりがその岩礁を乗り越えては飛沫を上げた。青邨はやはり熱があるらしく、さびしそうに波を見つめていた。

このときの句は、後に合評会で虚子に賞められた。しかし、「城ケ島」だの「油壺」だのという前書があるので、掲載順は三位であった。ホトトギスの雑詠欄では、同じ句数の入選であっても、前書のある句は下位になるという不文律があった。雑誌を見た眼の効果が考えられたからであろう。

二月号には虚子の近詠百二十一句が載った。「大正十五年八月十一日より十二月十一日までの句稿のうち」という傍註があって、四ヵ月間の作であることがわかる。例によって句会の題詠が大半を占めているが、それにしても一ヵ月平均三十句は勉強したものと言わざるを得ない。

灯を入る、岐阜提灯や夕樂し
彩塔や蓮の池の彼方なる
雨風や最萩をいたましむ
七夕の歌書く人によりそひぬ
わかもの、獨り起き出で露の庭
栗拾ふ却つて椎の木の下に
風落ちて池の氷の鳴り渡る

これ等は佳作である。一般にこの「近詠」は出来がよく、特に古めかしい空想句も見当らぬが、次の如き句はやはり虚子の名のために惜しまねばならぬと思った。

端居して月に仰むく子供かな
月明に仰ぎ伏したるベンチかな
一日を囮と共に阿房かな
置處變る厨の生姜かな
稲刈て婆が茶店もあらはなり
門松やレール沿ひなる別墅門

この六句の中には「かな」という切字を使った句が四句ある。私は主観を句に浸透させる叙法を考えていたとき、なるべく「かな」という古めかしい切字を避けるようにしていたが、それはただ試みとしてそうしていたので、これを否定したわけではなかった。だからここにあげた四句も、「かな」使用の故を以てあげたのではない。これ等の句に於ける作者の心の弛みを私は指摘したいのである。それに「別墅門」などという造語もまことに無造作極まるものと思った。

その頃、間組の用務で下関にいた橙黄子がたまたま上京して話し合ったことがあった。たけしは作句にいささか熱を失っていたし、花蓑は病名不明の熱病を患って以来、どうしたことか句に通俗味が漂って来た。おそらく写生写生とたたきあげて来た人が、身体の衰弱で外出することが出来ず、句に空想が入り込んで来た為であろう。そうなると句の話相手は、素十を別にしてこの人より他にはなかった。

橙黄子は作者として相変らず立派な腕前を持っている。この人は学歴は中学を卒業しただけと聞いたが、独学でたいていの本は読みこなしているし、仕事の上の頭も明敏で、平社員としてはいった間組であるが、今ではすでに重要な位置を占めていた。ただこの人のままにならぬのは雑詠の成績であった。十年間のあいだに二位三位まで来たことは何回かある。そうして次は巻頭になるかと思うと又下位にさがってしまうのであった。

「君が巻頭にならぬのは、ホトトギスの七不思議の一つでしょう」と言うと、いつも仕方なしに苦笑していた。何か虚子の気に入らぬ事があったという噂もきいたが、そんな事のあるべき筈はなかった。そういう変な空気の中に、我慢をしているような人ではなかった。

その日もいろいろと雑詠成績の話になったが、橙黄子は「いっそ巻頭がだめなら、一句一句前置をつけて、五句入選するんです。前置があるから巻頭にはなれない。しかし、前置は立派に一行をとるんだから、五句入選で十行とることになりますな。今度は一つ十行で大あぐらをかいてやりましょう」と笑っていた。

私はその頃自分の句が転換期に来ていることを感じていた。主観をしらべに移す仕事はいつまでも続くものであるが、題材としていままで詠んだ自然の景物のほかに何かちがったものを加えたかった。それには日常生活をとり入れるのが一番よいことはわかっているけれど、どうも私には日常生活を詠む興味がなかった。それを詠もうという情熱がおこらずに詠んでも、よい句は出来ぬ。他に、情熱を傾け得る題材を求め、そのあいだおもむろに日常生活の詠み方を考えるのが、最もよい方法であると思った。

私は散歩に出て書店に立寄ったとき、数冊の書籍と共に和辻哲郎の「古寺巡礼」を求めて来た。これは前から読みたいと思いつつ、忙しいままに読み得なかったものであった。この書の内容は私の魂をゆすぶった。その日からものさびた大和路の古寺と、その金堂にひかり輝く仏像とが、私の眼の前を去らなかった。私は書架から空穂の歌集「青水沫」をとり出し、大和路の歌を読んだ。これ等の歌は前から愛誦していたものであるが、「古寺巡礼」から得た知識は、歌の深い趣を私にさとらしめた。私はどうしても春休みのあいだに大和へ行きたいと思った。春の休暇はただ三日だけであった。

恰度その頃、虚子は故郷の松山に帰り、帰途十日ほど京都に滞在することになった。素十と清三郎はその時京都へ出かけるという。二人はしきりに私にも加われとすすめたが、言を左右に托してことわった。私は大和の帰りに京都へも寄りたいのだが、同行となれば大きな俳句会もあり、且つ素十と清三郎の雑談に悩まされて句の出来ぬことは明らかだからであった。又、誓子は大正十五年の三月に東大を卒業し、大阪の住友に勤務していたが、私の大和行を聞きつたえて、是非大阪へ寄るようにと言って来た。私はこれをも承知せず、ひたすら大和路の一人旅を志した。

夜行で朝早く京都に着き、電車に乗りかえて、奈良へはいる前に秋篠寺へ行った。紫雲英のさかりの田を前にして小さな門があり、寺苑には鶯がしきりに鳴いていた。私はこれだけでもう心の充ち足りた思いであった。

奈良の博物館に入ると、正面に百済観音が立っていた。その傍には聖林寺の十一面観音もあったかと思う。秋篠寺で見られなかった伎芸天や梵天もここに来ていた。私は俳句の題材ということを全く忘れてそれ等の仏像を眺め入った。

公園の中にはまだ馬酔木が咲いていた。二月堂と三月堂を廻り、仏像の写真を求めているうちに午後の日が傾きはじめた。私は急いで大軌電車に乗り、唐招提寺と薬師寺とへ行った。築土のあいだを行く静かな道に、桜の落花が散り敷いていた。

十分の題材を得たので、それ以上歩き廻るのは、却て印象を薄めるような気がした。私はその夜宇治に泊り、翌日は京都に廻って詩仙堂、三千院、寂光院などを見たが、頭の中は奈良の寺々で一杯になっていたので、どれ一つ詠みたいという気にはならなかった。

帰りの夜汽車まで少しの時間があったので、私は王城の家へ立寄った。虚子や素十は前の日に帰京していた。王城はどうして虚子と同行しなかったと言ったが、私が大和のことを話すと、「そら一人で歩いた方がよろしい。素十や清三郎とでは騒々しくて叶わんがな」と賛成した。

王城は、ホトトギスの昔話をいろいろ聞かせてくれた。その中にこういうことがあった。

虚子門の新進の中でも、石鼎と零餘子とはとかく仲がわるかったが、ある時零餘子が京阪に来て石鼎排斥説を唱えて廻ったことがあった。

「泊雲はあの通り愚直だから賛成してしまった。それからここへ来たんだがこっちは承知しない。その後上京した時に、先生にこの事を話すとね、零餘子は大分注意されたらしかった。」

王城は今なお腹を立てているような表情であった。どうも零餘子という人は事毎に損をする質の人らしい。あまりに功名心に燃えていた為かも知れぬ。私も石鼎と零餘子と、才能が桁はずれにちがうことを知っており、且つ石鼎の人物が好きなので、虚子のこの処置を尤もだと思った。そこへ泊月がぶらりと遊びに来た。私はつれられて王城の家を辞し、諸子魚を御馳走になって、おそい夜行で帰京した。

二三日して血清化学教室へ行くと素十がいて、私の顔を見るなり

「おい、お前のようにひどい奴はいないぞ。いくら大和がいいと言って、一度位は先生の宿へ顔を出すもんだ。先生は、今日は秋櫻子君が来るでしょうと、何度言ったか知れないぜ」と言った。

「そんなことをするより、いい句を詠んで雑詠へ出す方が先生は喜ぶんだ」

「誓子だってそう言っていた。——おれは大阪へ行って誓子にも会ったんだが——大和まで来ていながら、大阪へ寄らないなんて、すこしひどすぎるってね。」これは明らかに素十の誇張である。まず一のものが七八に拡大されているのだろう。私は相手にならなかった。

虚子の京都で詠んだ句は次のようなものであった。

山櫻すかして御堂幽かなり

西山の十輪寺という寺である。美しい景色であるが、「すかして」というのが平凡だと思った。

溪流や岩に生ひたる花薊

同じ西山の景であるが、正確な詠みぶりで、押えるべきところをしかと押えてある。

春の水このあたりより紙屋川

「このあたり」という、作者にだけわかって、読者にはわかりにくい叙法がホトトギスには前からあった。

山櫻映りもぞする鏡岩

光悦寺から、金閣寺へゆく途中に鏡岩というのがある。その鏡という一字を活かして使い、「映りもぞする」と言ったのであるが、その技巧の浮いていないところは、やはり立派である。

金閣に腰掛け見るや櫻花

これはどう考えても、よろしさを発見し得ぬ句である。

竹藪を外れて花の嵐山

大きな景の中から、一句の枠内に入れるべき景をきりとる手腕だけを見るべきものであろう。

静かさや松に花ある龍安寺

「静かさや」というのもこういう場合随分使われたもので、この句も別にそれを使い活かしてはいない。同じ寺の句で

この庭の遅日の石のいつまでも

ここに至って、渾然たる句の姿を見た。虚子はこの句の前に、「見て居るうちに此狭い庭が広大な天地になつて来るといふのは、前日に見た素十君の説であつた」と書いているが、この素十の言葉は新説でもなんでもない。平凡な受売説にすぎないのである。

私の大和の作は全部入選した。それが発表されると、橙黄子は葉書をよこして、「とうとう十行のあぐらをかきましたな」と言った。その橙黄子は、前書なしの句で三句入選であった。

五月、筍の出る季節になって、東大俳句会は水竹居の駒沢の別邸へ招かれた。筍飯を食いつつ句会を開こうというのである。行って見るとそれは質素なもので、実業家の別邸と

いう感じには遠いものであった。しかし敷地は相当に広く、一方には苺畑があり、それと反対の隅に孟宗藪があった。水竹居は少しも気の置けぬ人柄だったので、私達は思うがままに振舞い、夜更けまで遊んでいた。水竹居もそれを喜び、以後は東大俳句会に参加することになった。

水竹居は旧型のビゥイックを持っていたので、私達はそれに乗せられて方々につれ廻され、御馳走になった。好い会長が出来たことを私達は喜び、水竹居も会長になることが嬉しいらしかった。

ただ一つ困ったのは、水竹居が芸術的に高い教養を持っていないことであった。ふかく観音を信じて、小石川の大曲にあった本邸には観音堂もあったが、安置してある本尊は誰の作か、ひどいものであった。そのほか床の間にかけてある幅も、応接間にある壺も皆感心出来なかった。だから私達が俳句に就て語り合っても、いつも話がどこかで喰い違ってしまった。

私達の仲間で最もよいものを持って居たのは清三郎である。彼の家へ行くと、岸田劉生の油絵があったり、中川一政の初期の作があったり、富本憲吉の白磁の壺があったりした。彼の俳句にはおどろかなかったが、この方面の鑑賞眼に私はいつも感心していた。

筍句会の済んだすぐ後で、中田みづほが帰って来た。一年半ほどの外遊であった。東大俳句会ではその歓迎会をひらき、続いて座談会などを催したが、留守のあいだの東大俳句会の発展にみづほは驚いていた。

　私達はまた特に親しい二三人だけで、みづほを大垂水吟行に誘った。その山道を相模川に向って下りつつあるとき、みづほは遅れて歩いている私に近寄って来て話しかけた。

「高野はその後研究の方はどうしたい。」

「あまり進んでいないようですね。私も直接に聞いたわけではありませんが。」

「それは困ったな。俳句が巧くなったのはいいけれど、勉強をやめてはね。それで三田先生はなんとも言われないのか?」

「高野は頭がいいんでね。先生もあまり言いたくないのでしょう。いつかはやるだろうと思って……」

「それはそうだな。しかし君から一度言って見ることは出来ないか?」

「僕は駄目です。第一高野の方が一級上だったでしょう。言う気になれませんよ……」

「いや、正面からは言い出しにくいだろうさ。そこをうまく側面から……」

「それも駄目でしょう。すぐにそれと察しますから……」

　みづほはそのまま黙ってしまった。私はことによるとみづほが素十を新潟医大の教授に推薦するだろうと想像したが、自分はあまりそういうことには立入らぬ方がよいと思った。血清化学教室の先輩達の中でも、素十のことを気にかけて、いろいろ正面から言って見た人もある。しかしそれは殆ど効果がなく、却て逆効果になるらしかった。

「どうもあまり傍から言われると、却て顔が立てにくくなるよ。」そう素十が言っていたと、私はある後輩から伝え聞いた。

みづほは私の傍から離れて、素十を追って行った。「たとえみづほが言って見ても駄目だろう」と私は思った。

その頃、大阪の鬼城会から、「鬼城句集」が出版された。緑色の革表紙の装幀で、堂々たる感じのものであった。この鬼城会というのは、年老いて生活に苦しむ鬼城を助けようとする意味のものであった。

鬼城は境涯を一茶に比較されたりしたが、この句集の内容は、一茶などの到底及ぶべからざるものであった。まず作者の気魄が頗るつよく、いかなる生活の辛苦に遇っても、いたずらに嘆かず、人を羨まず、淋しさに耐えざるときは、老馬や老犬を哀れむ心に托してその淋しさをのべるという風であった。而も句の調べは常に高く、誦して心の引き緊るのをおぼえた。ただ鬼城はすでに老年であったから、写生の観察に鋭さを欠き、若い人達に喜ばれるものを持っていなかった。それでこの鬼城句集も、さまで多くは読まれなかったようである。

七月号に、虚子は近詠四十七句を載せた。

初富士を見て嬉しさや君を訪ふ

大空に延び傾ける冬木かな

老梅の花輝きて潔し

早春の庭をめぐりて門を出でず

踏青や古き石階あるばかり

これ等は見事な作である。「初富士」の句に「君」とあるのは、おそらく心のかよう老友のことと思われるが、気品もあり艶もある。「大空に」の句は、たとえ句会の題詠であっても、平生眼をつけてあった欅のような大木が詠まれているのであろう。虚子一流の情の乾いた句であるが、力は漲っている。「老梅」の句は、その花を描いたというよりも、花に托して心境をのべた句で、その心境が花の描写の中に融け込んでいるところがよい。「早春の」の句は、いかにもその季節らしい趣があり、字あまりの叙法もさすがに巧く使いこなされて、句に新らしさを添えている。「踏青や」の句は、奈良か京都の古寺に題材を得たものらしい。題詠らしい作意は見えるが、懐古の情がすべてを覆うている。

以上の佳作に反して

初富士や双親草の庵にあり

乾鮭も漸く吊りぬ新世帯

縣道に出てしまひけり探梅行

一峰を仰ぎ見たるや雪解川

もの、芽のあらはれ出でし大事かな

の如き句は、句会の空想作たることが明らかに見えている。実際雪解川のほとりに立って、その激流を眺め、水上に峙つ山々を眺めたならば「一峰を仰ぎ見たるや」というような型に嵌った表現は出来ぬものであろう。また小さな草の芽の出た事によって、天地の春の息吹きを知っておどろいたにしても、これを「大事」というのはあまりに大袈裟で、而もこういうことは既に濫用されており、ここに俳句の古くささが芽生えて来るのであった。

虚子は六月に東北地方の旅に出たので、東大俳句会の人達は留守中の発行所の用を手伝うことが多かった。ある日、発行所のかえりに相談がまとまって、府中の分倍河原へ蛍を見に行った。実に暗い夜で、茶店の縁台に憩う互いの顔も見えぬほどである。野菜を積んだ車にいくつか遇ったが、みな馬のために提灯をつけて行手を照らしていた。

蛍は思ったより少く、たまたま小さいのが、藪道に逸れてゆくと、手古奈、眉峰、三山などは草を踏みしだいて追いかけた。花蓑と風生は水辺に立っている。私と素十は縁台から動かなかった。

「あいつ等、蛇が怖くないから不思議だ」と素十がいう。

「蛍と蛇の眼はよく間違うというからな。あまり動かない方が無事だ。」私も同感の意を表した。私も蛇は嫌いであるが、素十は恐怖症というに近く、自分に蛇を見せたら何をするかわからぬと、前以て若い連中に言いわたしてある。よほど前、みづほが新潟に赴任して間もない頃、用事があって上京したのを誘って、多摩川へ吟行した。晩秋であったが、一人先に立っている私は道端で蛇を見た。蛙を呑んだばかりと見えて胴が膨れていた。「蛇だ」と大きな声を出して駈け戻ると、素十はいきなりみづほを突き飛ばして逃げた。陸上選手をしていたので逃げ足は早く、見るまに四五町も駈け離れていた。みづほと私は唖然として立ったままであった。

「素十さん、いま蛇がいましたよ」と手古奈の声がしたが、嘘ということはわかっていた。私達は茶店で買った蛍籠にとぼしい数の蛍を入れて帰って来た。

七月に入り、清三郎が福岡へ転任することになったので、送別の意をかねて潮来へ吟行に出かけた。清三郎、風生、青邨、素十、眉峰、手古奈、私の七人であった。

夕方に両国駅を発って、その夜佐原に泊った。夕食の膳が出ると、灯影を慕って水馬や源五郎が飛んで来る。それが次第に殖えて、吸物椀や盃の中へも落ちるのであった。さすがは水郷だと言って私達は喜んだ。

酒が廻って来ると例によって素十や手古奈が動きはじめる。清三郎は一人で躁ぎ出し、両手に盆を持ち、頭の上にも盆を載せて踊り出した。はじめは面白かったが、だんだん騒ぎが大きくなると、純潔派の青邨は苦りきってしまった。「君達は俳句を作るというから一しょに来たんだが、これでは俳句は作れないじゃあないか。」

清三郎は閉口して、青邨と並んでいる私の方へ来て言った。「これだけの会をするとね、東京では五十円位はかかりますよ。」つまりこんな安あがりで、面白いことをしているのだから、しばらく俳句のことなんて黙って居ろというのであった。

青邨は翌朝も機嫌がわるく、モーター船を雇って潮来へ向うと、次第に波が高くなって来たので、これも昨夜の騒ぎが、神の怒りに触れたのだと言っていたが、あまりに皆が笑いさざめているので、とうとう自分も失笑してしまい、機嫌を直して仲間に加わるのであった。青邨は頭髪がこわく、後頭のところですこしはねているので、私達はこれを鶏冠と称し、青邨が怒ると「又とさかを立てた」と言っては笑った。

この吟行はあまり俳句の収穫がなかった。東大俳句会も結成当時こそは皆競い合って勉強したが、そのうちに互いの親しみを増し、雑詠欄に於ける位置が安定して来ると、吟行よりも旅行という気分の方が多くなってしまった。だから好い収穫のあるのはいつも、一人か、多くても二三人で出かけるときに限っていた。

川端茅舎の句が雑詠欄で眼立つようになって来たのはこの頃のことである。題材も特異なものが多いが、詠みぶりも全く独特であった。私には、いろいろの流派の技巧を悉く消化し、その上に自己のものを築きあげたというように見えた。それは当時のホトトギスに多い、ただありのままを叙したという句風とは全くかけはなれていた。

茅舎の書体がまたおもしろかった。決して巧みな筆ではないが、肉太にまろまろと書いてあって、子供がそのまま大人になったような感じである。眺めていると自然に笑ってしまいたくなるようだ。これは不思議な人である、川端茅舎とは何者であろうかということが、雑詠選了のときいつも話題となるのだが、誰も茅舎を知るものはなかった。

ところがここに茅舎の友達と名乗り出た者があった。その頃発行所に来はじめた中村秀好である。秀好の家は新富座の前にあった猿屋という芝居茶屋で、自分も菊五郎一座の女形であったが、中途芝居道を脱して、することのないまま俳句をつくりはじめたのであった。殆ど毎日発行所へ行っていた素十がまず彼と知りあい、つづいて私もまた発行所で会った。

秀好は茅舎を紹介しようと言った。その話によると茅舎は川端龍子の異母弟で、洋画家たらんと志望し、岸田劉生の門下になったが、病弱のために中止して、いまは俳句を詠んでいるだけだというのである。私達はある日の午後、秀好の家に行って茅舎に会った。その印象は洋画家というよりも、尼さんという方がふさわしかった。非常におとなしそうなのである。あとで芯はかなりつよいとわかったが、そのときは口のきき方までも女のようであった。

あまり夕日が暑いので、寝転びながら俳句を作った。わざと茅舎の得意な閻魔祭を題としたので、誰も茅舎に及ばなかった。茅舎は劉生が京都にいた頃、自分も京都へ行き、或る寺に寄寓していたことを話した。それで茅舎には仏門句の多いことがわかった。また俳句の雑誌はよほど前からいろいろ読んでいたらしく、私の嘗て学んだ渋柿のことにさえ通じていた。茅舎の句の表現が一通りのものでなかったのも、故あることであった。

八月十日、私は、素十と手古奈を誘って、篠原温亭の墓に詣でた。茅舎に会った日より更に暑い日で、而も道が遠く、私達は埃まみれになってしまったが、養玉院という寺に着くと、さすがに蟬時雨が涼しくて、温亭の墓は夫人のそれと並んで立っていた。思えばさびしい境涯の人で、俳句だけが晩年の心の糧となっていたようである。

温亭句集も少し前に上梓されていた。薄藍に鼠をかけたような絹地の装幀で、渋くもあり美しくもあった。扉絵は平福百穂の筆であった。その句も人柄のように渋く淋しく、生前はあまり世評にのぼらなかったが、こうして一巻にまとめられると、さすがに佳句が多かった。

獨り燒く目刺や切に打返し
圃に立てば四邊に起る秋の風
風の日の螳螂肩に來てとまる
老の手をかざして春日眺め立つ
烏瓜蔓に引かれて下り來る

これ等の句にはその人柄がまことによく現れている。すべて孤独の心境から生まれたものである。私達は嘗て洗足池の附近を歩いたとき、烏瓜を発見し、温亭の句を思い出したまま、それを採集して温亭の家に立ち寄った。温亭はいたく喜び、烏瓜を柱の釘にかけて暫く眺め入っていた。

ホトトギスの発行所は、その頃丸ビルの八階に移った。最上階だから眺望もひろく、品川湾までも見えることがあった。九月に入って毎夕育ってゆく月を眺めていた素十が、東大俳句会で観月句会を催そうと言い出した。誓子、みづほ、清三郎と、会員が次第に東京を去り、紫雲郎も清三郎よりやや前に福岡へ転任したのでなにか心さびしいのである。こういう時には会長の水竹居がすべてを負担するような状態になっていたので、早速水竹居に報告すると、鮫洲の川崎屋に席をとってくれ、当日は参会者全部を自動車で運んでくれた。東大俳句会も次第に贅沢に馴れて来たようである。

私はすこし遅れて行った。よく晴れた宵で、庭さきまで来ている海は、やや波立っていたが、やがて名月がさしのぼると、その波が悉く光りかがやいた。水竹居はかねてから尺八を吹くことが自慢であったが、その夜は明暗流の宮川如山という人を招いて尺八を吹奏させた。いかにも観月句会らしい趣向であった。

十一月の末に私は一人で筑波山に吟行した。朝からの曇り空であったが、筑波に着く頃は殊に雲が低く、ときどき寒い時雨が降って来た。頂上でも全く展望は利かず、何の得るところもなかった。ところが帰途の車中で筑波誌という本をひらいて見ると、それには筑波山の男峰と女峰とが太古海中に屹立した二つの島であることが書いてあった。私はこれに想を得て、この巌がやがて山となり、その麓に国がひらけて行くさまを、絵巻物をひろげるように詠んで見たいと思った。季語も一季に偏せずに、四季悉くを使って見たいと考えた。そうして十日ほど経て出来あがったのが、「筑波山縁起」という連作であった。

わだなかや鵜の鳥群る、島二つ
天霧らひ男峰は立てり望の夜を
泉湧く女峰の萱の小春かな
國原や野火の走り火よもすがら
蠶《こ》の宮居端山霞に立てり見ゆ

第三句は、みなの川が女峰の泉から流れ出たという説に拠っている。また「蚕の宮居」というのは今も存する蚕影《こかげ》神社のことであった。

こういう連作は、それまでの俳壇に無かったものであるから、よいものか、わるいものか、はっきりした見当はつかなかった。しかし、とにかく十日間苦しんで詠み上げて見ると、私にはこれが愛着ふかく思えたので、雑詠に投句した。もしこのうちの一句でも除かれれば全部崩れてしまうことになる。そういう性質のものを投句することは、選者を困らせるようなものであるが、私は他の句を出したくなかった。全部入選するだろうという自信も持っていた。

その選が終了する頃、水竹居の本邸になにか催しがあって、私達は招ばれていた。少し遅れて来た素十が私を縁側に呼び出した。

「いま発行所へ行ったら、雑詠の成績がわかっていた。」

「ほう、どんな具合だった。」

「君のは皆入選していた。しかし親仁さんから言伝があるのだ。」

「ああいうのは今後いけないと言うのだろう?」

「そのとおり。そうわかって居るなら出さなければいいじゃないか。」

「ところがね、あれは大いに頑張って作ったんだから、やはり出したいんだよ。」

「採るなら全部採らなくてはいけないし、捨てるなら全部捨てなければいけない。ああいうのは選がしにくい——と親仁さんは言っていた。」

「ところで君の方はどうだ。」

「それがね、今度は君一人が五句だったんだよ。ところがああいう句だから、親仁さんとしては巻頭にはしにくいやね、今日困っているところへ俺が句稿を持って行ったろう、すなわちこれが全部入選でね、巻頭ということになった。」

「それはよかった」と私達は声をそろえて笑った。新年号は暮のうちに出て、「筑波山縁起」は毀誉褒貶さまざまであった。

大晦日に、水竹居、たけし、私、素十の四人は鎌倉の虚子庵へ招ばれた。一日ゆっくり遊ぼうということであった。好い天気で風もなかった。虚子庵の門をはいると、庭がきれいに掃かれて、立札が一つ立っていた。どうしたことかと思ってそれを読むと、「この庭

は自分の気に入るように造ったものではなく、与太郎という爺が勝手に刈り込んでいるので、殺風景なものであるが、それでも多少趣のあるところには矢印を附して置く」という意味のことが書いてある。そうして先ず返り咲きしている椿のところに第一の矢印の立札があった。

「先生、今日は大分はしゃいでおいでですね」と、私はたけしに言った。

「叔父さんは、ふだんは黙りがちなのに、ときどきこんなはしゃぎかたをするんだ。」

第二の矢印の札は、渋柿の二三十残っている木の下に立ててあった。第三は繁茂している八つ手の傍である。第四の立札をさがすと、そこには二枚の朝鮮瓦があり、一茎の菊が咲いていた。第五はすでに枯れはてた芭蕉を指している。而も、いささか小高くなった所には「第一形勝地」という小札が立ててあった。「これはいよいよ以て尋常のはしゃぎかたではない」と、私達は思った。

あとで虚子の書いた「年忘れ俳句会の記」を読むと、恰も茶席に客を招くが如く、昼と夜との食事の献立が家人にわたされているのであった。

お昼の御馳走

白味噌の豆腐汁

海鼠の酢のもの

筍の煮〆
はうれん草の浸しもの
白菜の煮たの
小豆飯

お三時

甘酒

晩の御馳走
吸鍋汁
虎豆の煮たの
刺身
ハム
以上をめい〳〵の皿につけて出し
鯛のあら煮
鳥の雑物煮
以上は大きな丼に盛つて出すこと

菓子、水菓子類
むし羊羹
蜜柑
林檎
じやぼん

室内にもいろいろ飾り物があった。それに「宝物一」とか「宝物二」とかいう札がついている。第一が子規から貰った明月和尚の書。第二が蕪村の尺牘。第三が芭蕉の瓢の図及び瓢の銘。但しこれは偽物と明記してある。第四は太祇の短冊。第五は洒堂の自画讃。第六が細川玄旨の短冊。第七が慶喜公の書軸。これは床の間に掛けてある。第八が朝鮮出土の素焼壺。これには梅が活けてある。第九が子規伝来の机。第十が子規、漱石、鷗外等の手紙を入れた鞄。第十一が子規の原稿。私達はそれ等を見るのに一時間ほどを費した。

百穂の絵もあった。尺五位の紙本横物で、潮来風景を描いた上出来の作であったが、表装はなく、無造作にピンを使って壁にとめてあった。虚子は書画も骨董も嫌いであった。「あんなことをして置くなら、わかる人にやればいいに」と、私は素十にささやいた。

夕方、水竹居から不参の電報が来たので、私達は晩食の馳走になった。私には虎豆が殊に甘かった。終って句会。それから虎豆を土産に貰って帰った。どうもこの虎豆は、私のために特に余分に煮てあったようである。

七　友情

昭和三年になって、私の家では震災後仮普請にしたままの病院を、本建築に改める準備にかかった。父はすでに老齢なので、私がすべての責任を負わなければならなかった。新たに西神田に広い敷地を得たので、病室も手術室も診察室も十分につくることが出来る。しかし、それだけに病院の仕事は大きくなるわけであった。私は、はじめから医師の仕事が好きでなく、父の命令でやむなく医科に入ったので、病院経営よりも俳句の方がはるかに面白いのであるが、ここまで来るとそんなことを言っては居られなかった。産婦人科教室に勤務していても、暇があれば病院の設計に頭を使っていた。

ホトトギスの三月号に、虚子は十句の俳句を載せている。全部新春の句で、いつもの通り題詠と思われるものであるが、

東山静に羽子の舞ひ落《ママ》ぬ

という句は、京都の東山を背景として、白い羽子が鮮かに浮び出で、表現も頗る気品高く、虚子の全作中でも傑作の一つにかぞえ得るものであった。虚子は京都の風景が好き

で、度々その地にあそび、前年の十二月にも「時雨をたづねて」という文章を書くために素十を伴って出かけているし、二月号にも京都に関する特輯をしているほどである。それゆえ題詠をしつつも、京都の景は眼前に見るごとくに浮んで来るのであろうと思われる。

御佛に尼がかけ居る飾かな

もまた京都の尼寺が想像され、浄らかな感じをうける。その他

門内の佳木佳石に賀客かな

初竈燃えゐて誰か立てりける

などがあって、この近詠は句が揃っていた。

ホトトギスではその頃から講演会を催すようになった。第一回の講演者は、虚子、水竹居、私、素十の四人に永田青嵐が依頼されて加わった。この講演はたいてい原稿になって掲載された。これはつまり一石二鳥の法で、このために雑誌の編輯は非常に楽になる。雑詠が頁数の大部分をとっており、それに雑詠句評会と講演の原稿が加われば、あとは二三の小文を載せるのみで毎月の編輯は出来あがるのであった。

実際ホトトギスの編輯はいい加減なものであった。二段組の一段半が空白のままになっているような個所がかなりある。これでは無駄でもあるし体裁もわるい。また普通巻尾につけられる消息欄（編輯後記をホトトギスではこう言っていた）が、巻の中程に入れられることもある。私はせめて空白は埋めたらよいだろうというのだが、それは取上げられそ

うもなかった。

私は二三の埋草を書いて提出した。それは載せられたが、次には誰か書くだろうと思っていると、誰も書かない。又一段半位の空白が出て来る。終には意地になって毎月書いたが、そうなればいやいや書くこともあるので、我ながら読むに耐えないことになって来た。素十に話して見ると、俳句雑誌は空白のある方が涼しげでよいなどという。結局、東大俳句会で私だけが空白を憎んでいるという結果になってしまった。

四月のはじめ、朝鮮から出ている青壺という俳句雑誌の編輯者から、私に手紙が来て、金泉病院の院長軽部久喜が俳句を作っているとしらせてあった。号は烏頭子で、まだホトトギスには入選していないという。

軽部は中学以来の友達で、殊に一高では二年間同じ寮室に起臥していた。柔道と端艇の選手になり、一見豪放な性格のように見えるが、また非常に繊細な感受性があり、千蔭の字などを丹念に習っていたので、必ずよい句が出来るだろうと思った。そうして数日後、私は新橋演舞場に「あずま踊」を見にゆくと、その幕間の廊下で、折柄上京していた烏頭子に出会った。昔話よりも俳句談で、踊見物は中止して語り合った。

病院の建築は次第に進んで来た。私は教室の勤務が終ると神田へ行き、高く組まれた足場に登って仕事の進捗の様子を見て、それからホトトギス発行所へ行ったりした。

ある日、虚子から当分ホトトギスの編輯をするようにと依頼された。私一人ではとても駄目な話であるが、たけし、素十と三人の合議だとのことなので辞退することも出来なかった。私は翌日素十に会って話した。

「どうも俺は雑詠句評会をあのままにして置いてはいけないと思うね。」

「どうしてさ。」

「あれでは考えていることが何も言えないじゃあないか。もっと自由にものの言えるようにすることが第一、それからメンバーも厳選して、矢鱈な人を入れては駄目だ。」

「なるほど君の嫌いそうな人物はいるよ。しかし君が大を成す為には清濁併せ呑まなくてはね。」

「いや、濁を呑む位なら、僕は大を成す必要はない。」

素十は突然大声で笑い出した。私はあっけにとられたが、どういう意味かわからなかった。

「そう来るだろうと思っていたところへ、そう来たから可笑しかったんだ。実はこのあいだね、親仁さんとその話をした。すると親仁さんが、秋櫻子君は人を好ききらいしすぎる。もっと清濁併せ呑むようにならないと大を成せませんよ、と言うんだ。俺はそういったよ。秋櫻子にその通りいえば、濁を呑んでまで大を成す必要はないと怒るに極っているってね。」

私も笑い出さずには居られなかった。そうして編輯改革論は其時はそのままになった。

私達が編輯を担当するということが誌上に発表されると、方々からいろいろの手紙が来た。たいていは句を見てくれという依頼である。私が予選をすれば雑詠に入選すると勘違いをしているらしい。中には私より先輩で、地方に名のある作者からも同じような依頼が来た。

一層困るのは、雑詠の投稿を私に書けといって、句稿を持参する者である。成田山の句一歩などもその一人であった。彼とは前に印旛沼を渡って成田へ行った時からの知り合いであるが、なかなか執拗な性質があって、書くまでは帰らない。私が書けば入選句数が一句は多くなるという。ホトトギス雑詠にはむかしから神信心のような、不思議な雰囲気がまつわっていたが、こうなるとまことにいまわしい感じがして来た。

破魔弓は相変らず三百名ほどの読者を持つのみで、少しも増加しなかった。ある夜、綾華が私の家に来て、何か発展策はないものだろうかと言った。

「何度もいうとおり、それは誌名がわるいのだよ。これを改めない以上、どんなことをしても駄目だ」と私は自説をくり返した。綾華も今度はとうとう折れて、それなら誌名を改めるから、よい名をつけてくれと言った。私は別に名案を持っているわけではなかったが、とっさに自分の詠んだ「馬酔木咲く金堂の扉にわが触れぬ」という句を思い出し、「馬酔木」という名がいいと言った。綾華は、「この字を読める人は少ないから却ってとおりがわるいだろう」と躊躇していたが、私はそれで押し切ってしまった。私は「破魔弓」

という名がつくづく嫌で、このために雑誌を大きくしようという熱意が起らなかったのだが、今度は本当に自分の力を注げる雑誌に仕上げたいと思った。綾華が帰ってから、紙に馬酔木という三字を書いてながめていると、一層これがよい名のように見えて来た。

そのうちに私にはもう一つの重荷が降りかかって来た。それは新しく昭和医学専門学校というのが出来るに就て、その産婦人科の教授になることを依嘱されたのであった。自分の病院の出来る前なので、当然辞退すべきことではあったが、その創立関係者がすべて友達だったので、私は躊躇した。そこで磐瀬教授と三田教授に相談したところ、たとえ少し忙しくとも、就任する方がよかろうということだったので、私は承知した旨を答えた。当然その方の忙しさも加わって来た。

そういう中で、ある日発行所へ行った。虚子は私の顔を見ると、「二日ばかり見えなかったようですが」ときいた。「ええ、いろいろ忙しいことが多いものですから」と答えると、虚子はすこしきびしい顔をして、「編輯を御願いしてあるのですから、毎日必ず顔を出して下さい」と言った。

その場に水竹居が居て、私を帰宅の自動車に乗せ途中まで送ってくれた。車の中で水竹居はたずねた。

「先生はさっきああ言われたが、君達は編輯部員として月給をもらっているのですか。」

「いいえ、そんなことはありません。」

「そうか、それはいくら先生でも、少しきつすぎる。私がなんとか言って上げましょう。」

「おやめ下さい。どうも私は次から次と忙しい用が出来て、とても毎日発行所へ行くことは出来ませんから……」

「そうだろうね」水竹居はうなずいたが、「しかし今君が編輯をやめると、地方の人達はきっと何か起ったのだと疑う。といって、毎日出勤するわけには行かないからなあ。」そう言っているうちに車が水道橋に来たので、私はそこで下りて家に帰った。

また二三日すぎて、私は発行所へ原稿を持って行った。虚子は「どうして休んだか」ときかなかった。私は水竹居から何か話があったのだろうと思っていた。

素十が来ると、虚子は私達を精養軒へ食事に誘った。そうしてこんな事を言い出した。

「石鼎の病気が大分わるいようです。あのまま放って置くのは気の毒ですから、あなた方で大学へ連れて行って、よく診察して見て貰ってくれませんか。」

石鼎は一年ほど前には思い出したようにホトトギスに句を寄せていたが、この頃はそういうこともなく、神経衰弱が昂じているという噂であった。小松原一路はすでに研究を終り、大阪へ帰っていたので、私達も詳しい様子は知らないのであった。私は虚子の石鼎を思う気持を知って、それを承知したが、帰宅して考えて見ると、石鼎直門の人々をだし抜くようでおもしろくなかった。しかし今さらどうすることも出来ず、石鼎は虚子からの電話で、翌朝大学に来ることになっていた。

私と素十は翌朝石鼎夫妻を迎え、真鍋内科に案内した。そこで精細な診察が行われたが、診断はやはり強度の神経衰弱であった。石鼎は私達を見て苦笑しながら言った。

「俺だって、医者の学問は半分位は知っているからね。早く癒せばいいことはわかっているんだ。しかし、薬だ注射だっていうのは面倒だからなあ……」

私は、こういう言い方をする石鼎が好きであった。何事も人に隠さず、平気で言う性質なのである。その一面にはまた非常な神経質で、病状のこれほど昂進したのも、震災のときに受けた精神的の痛手が大きかった為なのである。私達は、治療のことを精しく話し、石鼎夫妻と別れた。

発行所へそのことを報告にゆくと、虚子は言った。

「私はどうも石鼎が故郷へ帰った方がいいと思います。明日ここへ石鼎夫妻を呼びますから、あなた方から勧告して下さい。」

帰り途で私は素十に話しかけた。

「どうも嫌な役を仰せ附かった。多分石鼎さんは来ないと思うが、君はどう考える?」

「うん、来るかも知れないな。」素十はぽつりと答えた。

「これは先生が言えばいいわけなのだよ。僕等にとっては石鼎さんは大先輩だからね。とても言いにくいことだ。先生はどうして自分で言わないのだろうか。」

「言いにくいところもあるだろうさ。」

「しかしね。石鼎さんの方もいま鹿火屋直門の人が沢山いる。雑誌の雑務だって人任せに出来ないものがあるにちがいないんだ。そこへいくら病気だからといって、郷《くに》へ帰れというのは変だよ。僕はあした石鼎さんは来ないと思うな。来てくれなければいやな思いをしないで済む。」

翌朝、私達は発行所へ行ったが、石鼎夫妻は遂に来なかった。私は救われたような気がして家に帰った。

六月も終りのある夜、私は思いもよらぬ人の訪問を受けた。素十の叔母であった。私は素十の家へ何回となく遊びに行っているから、この人とも親しく話をしている。だから若し医療に関する用件などならば電話だけでもすむことである。私は招じ入れて相対したとき、これは必ず素十に関する話であろうと想像した。

素十の叔母の話は、私の最も困ることに触れて来た。同級の友達が皆研究を終ったのに、素十だけがまだ残っている。叔父は黙って何事も言わぬが、自分の立場としてはつらいことである。叔父は事業のため旅行がちなので、謂わば自分が監督の立場にある。今度こそは是非素十に研究を仕上げてもらいたい。そのためにはどうしても俳句をやめさせなければならぬので、私にそれを忠告してくれというのである。

この話は一々尤もで、私は返す言葉がなかった。俳句も素十が希望してはじめたことであるが、私の方が二年先輩であるだけに、私がすすめたと思われているかも知れぬ。そうでないにしても、このことは、私に言わせるより他に人がないわけである。

「あなたから高野君へもう御話しになったんですか。」私は一応念を押した。

「話しました。やめるとは言いましたけれど、当てにはなりません。」

「しかし私から話したところで、あの人が俳句をやめて研究をはじめるかどうか、それはわかりませんよ。」

「それはそうかも知れません。けれど今の私としてはどうしても俳句をやめて貰うより他に仕方がないのです。俳句さえやめれば、ほかにすることがありませんから、研究をはじめるでしょう。」

私は、もうどうにも言いようがなかった。しかし面と向って素十に「俳句をやめろ」とは言えなかった。私はこれから忙しくなる自分のことも考え、いっそ自分も俳句をやめようと考えた。そうすれば素十にも言いやすいわけである。

「では僕から高野君に言いましょう。ただ、研究をしろということは言えません。私よりあの人の方が学問は上なのですから……俳句の方だけを言います。私も一しょにやめるといえば、高野君だって思い切りがいいでしょう。」

「あなたがおやめになるなんて、そんなことはありません。」

「いいえ、私も今度病院が出来ますし、毎日発行所へ行ったりするわけにはゆかないのです。四五年は病院のことばかり考える方がいいかも知れません。」

素十の叔母は、なお幾度も頼むと繰り返して帰った。

翌朝、血清化学教室へ行ったが、素十は居なかった。事によると発行所へ行って、虚子に話しているかも知れぬと思ったから、私もすぐに丸ビルへ馳けつけた。

発行所には虚子が来客に対していただけであった。虚子はその客に私を紹介し、客の去った後、次号の編輯のことを話しかけた。

私は、自分のことが言い出しにくく、暫らく黙っていた。虚子はそれと察したらしく、

「今日は何か御用なのですか」ときいた。

私は、ここで素十のことから言いはじめようかと思ったが、そうすれば素十にだけ責任を負わせることになると思った。そこで

「今度、病院が出来ますし、医専の講義もすることになりましたから、編輯の方を手つだわせていただくことが出来なくなりました。それでおことわりにあがったのです。」

虚子はしばらく考えていたが、

「その事は聞いていました。しかしこんなに早くなるとは思っていませんでした。編輯の方はそれで仕方がないとして、俳句はつづけて行けるのでしょう。」

私は、非常にわるいことをいうような気がして、しばらく躊躇したが、思いきって

「俳句も出来ますかどうか、病院が忙しくなれば出来ないだろうと思います」と言ってしまった。

虚子はまたしばらく考えていたのち
「それでは随筆でも書けたら送って下さい。また句評会はあなた方がはじめた事ですから、これは続けて行きましょう」と言った。

私は発行所を出て、濠端を一ツ橋の方へ歩いて行った。すぐに教室へ戻る気にはなれなかったのである。その頃は分娩室の当直で、二日置きの勤務であったから、ゆっくり病院の建築を見て置こうと考えた。

私は先刻の虚子との話を頭の中で繰り返した。虚子は落着いた性質で、句評会の席上を除いては、容易に感情を色に現わさなかったが、どうも先刻の様子では、すでに素十から話を聞いているように思われた。素十の叔母が私を訪ねて来たことは知らぬであろうが、素十が作句をやめるという話をした以上、これから忙しくなる私の進退も話題になったであろうと想像された。

私は帰宅して早く就寝した。眠れぬままに考えて見ると、きのう以来の私の態度は少し軽率だったようにも思える。素十に俳句をやめさせるには、私もやめるのがよい方法ではあるが、しかし、自分の作句をやめずに、他の方法を考えるべきであったかも知れない。結局将来に約束された忙しさが私を焦躁に駆り立てると共に、ホトトギスに対するいろいろの不平が、その焦躁をさらに煽り立てたようである。しかし不平は正しかったにしても、七年間育成された恩を考えて見れば、一応不平を穏かに申し述べて見るべきであり、またすべて思案にあまれば水竹居にでも相談して見るべきであった。一方馬酔木のことを考えても、私は誌名の変更を断行した以上、あとを見てゆくべき責任がある筈である。こう考えて来ると、私は自分の浅慮をいたく悔まねばならなかったが、更にまた考え直して見れば、私は素十の叔母の依頼を拒絶することは出来ない。そうして素十に一時俳句を断念さすためには、やはり私も共にやめるより他に方法は無さそうである。私がなお俳句をつづけていたとすれば、素十もまた決心をひるがえすことは必然であり、私は素十の叔母の信頼を裏切ることになる——結局私はすべてがわからなくなり、一睡もせぬうちに夜が白んで来た。

翌朝、教室へ出勤する途中、鉄門をはいったところで素十にあった。

「君は、きのう発行所へ行って、俳句をやめると言ったそうだな」と素十は問いかけて来た。素十は発行所へ行って、虚子からすべてをきいたのであろう。

「うん、そう言った。家の病院がすぐ出来あがるし、昭和医専の方も始まりそうだから——」

「しかしね、俺がやめるからというので、君が義理を立てる事はないんだぜ。」素十はすこし落着かぬように言った。素十は、その叔母が私を訪問し、私に依頼したことを知っているのである。叔母が私の家から帰って、私の言葉をそのままに素十につたえることは、勿論想像していたのであったが——

「いや、君に義理を立てたんじゃあない。俺は忙しいから当分やめたくなったんだ。」私はそう言って素十に別れたが、少し歩き出すと、これははじめからの事をすべてを素十に話し、誤解のないようにして置くのがよいと考えた。そうして正に歩を返そうとしたが、いまの二人の会話の調子を考えると、すでにそれは取り返しのつかぬことだと思った。それまでの何年間、素十と私とはこういう会話をとり交したことがなかったからだ。仮にそれはよいとしても話してゆくうちに素十の研究のことに触れるのは必然である。私はそれが嫌であった、自分の方がさきに研究を済ませたという立場で、学問のことを云々するのは到底為し得ることではなかった。私は仕方がないと思って、終に歩を返すことなく教室へ出勤した。

七月に入ってすぐ、私と素十とは虚子に呼ばれて、日本橋の末広へ晩飯を食べに行った。たけし、風生、青邨、花蓑、水竹居も同席した。これは私と素十とが編輯を辞めたに就て、地方の読者がいろいろと臆測することを防ぐ目的の座談筆記をとるためであった。結局私が編輯をやめる原因は、忙しさのために神経衰弱にかかったというようなことになってしまった。私はそれでもよいと思った。それに地方の読者を誤解させる恐れがあるときいて、私はまた雑詠だけは提出しようと思いなおした。第一俳句に対する未練だけはたしかにあったから――

帰途にたけしから二ヵ月分の俸給を手渡された。辞退したがたけしは承知しなかったし、水竹居の厚意を無にしてもわるいと思って受取った。

　馬酔木の方は、綾華に家へ来てもらって、ホトトギスの編輯をやめて、馬酔木だけの選句を担当していたのでは問題にもなるし、事実忙しいのだから、当分選句をやめたいと言った。綾華は、改題してすぐにやめられたのでは困ると言い張ったが、私もゆずらなかったので、終に承知した。そこで善後策を協議し、雑詠は当分東大俳句会選ということにした。手古奈と眉峰とが相談してやってくれるだろうと思った。

　私はこれで雑誌に関する義理はなくなったが、心の中には妙な淋しさが残った。考えて見るまでもなく、これは俳句に対する未練であった。私はそれまでに、前後をよく考えず感情に任せて行動し、それを後悔することが屢々あったが、今度もこうなって見ると、やはり浅慮の繰り返しであることがわかった。

　東大俳句会選の馬酔木はあまり世評がよくないようであった。まもなく綾華が来て素十に選を依頼したと言った。

「素十に？」と、私はおどろいた。「素十がそんなことを承知するわけがないじゃあないか。」

「わざわざ教室へ行って御願いしたのです。そうしたら二三ヵ月ならしてやろうと言いました。尤もいつまで続くかわかりませんがね。」

　この話はしばらく信じ難かったが、その後素十にあったときに聞くと

「綾華があまり気の毒だからな」と簡単にそれを承認した。そうして「こんな句はどうだい」といって手帖を出して私に示した。「窓の下かやつり草の花もあり」というのであった。

「うん、いい句だがね、君はまた俳句をはじめたのか？」

「きのう出来たんだ。これを馬酔木に載せようと思っている。」

ホトトギスの雑詠句評会に行って見ると、素十は前のとおりに発行所に来ていることがわかった。かやつり草の花の句も、ここに来て見せたということである。そうなると私の立場はまことに不思議なものになった。不思議というよりも笑うべきものである。しかし、笑うべきものであることを知っているのは、虚子と私と素十の三人だけであった。

私も間もなく俳句を詠む時間を得るようになった。京都の教室にいた弟が帰って来て、病院を手伝うことになったからであった。それで馬酔木の選句の仕事も素十から私の手に戻った。ただ素十の叔母には義理のわるい立場になったようにも思うが、これとても素十の方がさきに俳句に帰ったのであり、叔母もそれを知っている筈だから、立場は反対であるといってもよかった。

私の病院は初秋に竣工し、同時に私の住宅も出来たので、産婦人科教室を去り、本郷から引き移った。いよいよ病院の使用許可が下りた日、私の家に立派な大鯛が届けられた。水竹居からの祝品であった。

二三日のち、新潟から出京したみづほを伴って、素十が不意に訪ねて来た。私はまだ暇だったので、二人を自分の室にとおした。みづほはあたりを見廻しながら「なるほどね、これだけの病院を任されればホトトギスの編輯が出来ないというのも無理はない」と言った。

みづほは傍にあった将棋盤を見て、一局指そうといい出した。東大の医局では昼休みに囲碁や将棋がさかんである。二人共それでおぼえた将棋であるが、みづほの方が少し強かった。素十は駒の動かし方も知らないので、黙って見ていた。

東大俳句会はその頃一ツ橋の学士会館でひらかれていた。私の家に近く、病院の用が出来てもすぐに帰れるからというので、ここが選ばれたのである。これも水竹居の好意であった。水竹居は学士会の専務理事をしていて、そのため俳句会も会館から特別に待遇された。会員は二十名を越え、目立って若い人が多くなった。学生も四五人来るようになった。

私は、この頃特に風生・青邨と親しくするようになった。二人は性格がかなり違うけれど、十分に信頼を置ける点では同じである。青邨は私と同年、風生は七歳の年長であった。

素十とも、前と同じような附き合いになったが、心の中では互いに距りの出来たことを感じていた。その距りは、素十の叔母が私にいろいろ打ちあけたことが原因になっているので、当分完全に消える望みのないものであった。会へ出れば平気で談笑しているが、どこか奥の奥で抵抗するものが感じられた。素十は、ホトトギスの雑詠には投句しなかったが、句は常に虚子に見せており、発行所へゆくことは前と同じであった。東大俳句会へもよく顔を見せた。私は雑詠の投句を続けたが、発行所へ行く暇はなかった。

東大俳句会は賑やかで、殊に水竹居はよき会長振りを示した。偶然の機会で若い人々と談笑することが面白くてたまらぬようである。ただ水竹居を悲しましめたのは、この若い作者達が、会長の俳句を認めぬことであった。

水竹居はこれがよほどこたえたらしい。それからは一度虚子の選を通過した句を提出することがよくあった。水竹居は毎月の作句を虚子に見せていた。その句稿には○や◎がついて返って来た。水竹居は東大俳句会で、その句が認められぬと、「これは先生から◎を頂戴した句ですよ」と言った。私達はその◎が格を落したものであることを知っていたから、ますますその句を無視した。水竹居はまた「この句を見た素十の評に曰く、これは赤星でなければ詠めない句だそうだ」などと言った。水竹居はそれが得意らしかったが、私達はまた言返した。「赤星でなければ詠めない句ということは、それが傑作であることとはちがうでしょう。」水竹居はそうまで言われると黙り込んでしまうが、またすぐ機嫌を直して談笑するのであった。

その頃、長谷川零餘子の「枯野」では立体俳句ということを唱導していた。要するにホトトギスの俳句を平板なるものとして、それに対する立体なのであるが、論を読んで見ると、全くわかりにくく、概念を摑むことさえ容易ではなかった。零餘子はまだ熟していない考えを、急いで発表したものらしかった。而もその立体俳句の代表としてかかげられたものが、「寒肥に銅像の鼻大いなる」というのであった。

あまりのくだらなさに私達はあきれたが、これをそのまま捨てて置くのもよくないから、一応反駁してはどうかということになった。このことを虚子に申し出ると、虚子はなにか憤然として、「私は零餘子などを相手とするのは嫌です」と言ったが、私達はとにかくこの問題をとりあげて座談会を催した。しかし向うの論ずるところが明快でないのだから、この座談会でも要するにはっきりした結論は出なかった。これは「漫談会」と題して十月号に載ったが、その後も引きつづいてこの会は催され、俳壇時事に就て語り合うようになった。

八　花鳥諷詠

昭和四年のホトトギス一月号には、虚子の「写生といふこと」という文章が載っている。これは前年の秋、関西大会に出席して講演したものを書き改めたのである。虚子の講演には自ら作者達の先頭に立って新しい問題を提出するというような意気はなく、常に初心の大衆を啓蒙するにすぎぬものであるが、この講演もその例に洩れず平凡である。ここに冒頭の部分だけを抄出して見よう。

私は多年写生といふことを強調してゐます。此写生といふ上には無論客観の二字を冠すべきであります。之は主として客観写生の技をゆるがせにすべからざることを痛感してのことであります。如何なる感じを以て自然に対しやう《ママ》が、其点は全く無拘束であります。或者は冷やかな感じを以て自然に対する、或者は暖き情を以て自然に対する、或者は楽んで自然に対する。或者は悲しんで自然に対する、或者は肯定の目を以て人生に対する、或者は懐疑の目を以て人生に対する、或者は親愛の情を以て人生に対する、或者は嫌悪の情を以て人生に対する、或者は怪力乱神を説き、或者は凡庸の生活を描く、すべて其等は拘束しないのであります。只写生の技を重視するのであります。

こういう前置があって、虚子は素十の句を純写生として例示し、私と誓子、青畝の句を多少理想派がかった色彩を持つものとして例示しているのである。

虚子のこうした説話はわかりやすくもあり、また間違ってもいないのであるが、あまりに常識的であり、啓蒙的であることが私にはもの足りなかった。虚子は明らかに作者の主観を認めている。それならばその主観をいかにして描写の上に現してゆくかということを、私達はききたいのであった。私達は句の調べの上に主観をのせてゆくことを考えていたが、それを完全に理論的に説明することがむずかしいのである。こういうことを虚子が率先して考え、指導してくれればよいのであるが、虚子はそういう方面には全く眼をとじ、初心大衆を導くことのみに力を尽していた。客観写生ということを唱導し、ひたすらに自然の表面を描くように指導すれば、大衆は道をたがえずに進むことが出来るわけである。しかし、いつまでもその指導の下に進めば、或線に至って行止ることは明白である。実際その頃のホトトギスには、この線に行どまった人が充満していた。しかしその人達の多くは、自分の行止りを自覚せず、客観写生の徒を以て満足している状態であった。虚子はその一線を撤して、そこに充満する人々を前進させることに危険を感じていたらしい。虚子はいままで客観客観と指導して来たものに、急に主観を唱導すれば、道を踏み迷うものの続出することは知れている。しかし、その中の少数の者は必ず難路を踏み越えて、今までより高き点に到達することはたしかなのである。虚子はひたすらに踏み迷う者の続出をおそれ、客観写生の枠を撤することをしなかった。私の不満は其処にあった。

同じ号に、山口青邨は「どこか実のある話」という文章を載せている。これはその頃も屢々催されていた発行所講演会の講演に手を入れたものであるが、その中で青邨は、私、素十、青畝、誓子をあげ、東西の四Sだといった。これは青邨らしくもない言い方だとは思ったが、それを言い出した青邨の気持には何かこもっているような気がした。私と素十とのことは、二人の他には虚子が知っているだけであるが、東大俳句会の人達から見れば、何か今までとちがったものが感じられたにちがいない。殊に青邨は一番古い会員の一人であるから、一際つよく響くものがあったのであろう、それを明らかに言わずして、緩和し得るならば緩和したいという気持が、この四Sということの提唱に含まれているのだろうと私は察した。四Sという名称は、その後水竹居が好んで使ったりしたので、忽ちひろがってしまった。

素十とはその頃あまり会う機会がなかった。東大俳句会にも句評会にも顔を出さなかったが、俳句はつづけて作っており、相変らず発行所へ行って虚子に見せているらしかった。そうして時々は雑詠に名をつらねていた。

血清化学教室の先輩と会ったとき、私は彼の消息をきいて見た。

「高野この頃どうしています。」

「いや、相変らずですよ」と、その先輩は笑って答えた。

「勉強はしているんですか。」

「それがね」と少し真面目な顔つきになりながら「やっぱり元の通りです。」

「そうですか。」私はあとを聞く気になれなかった。先輩はしかしなおつづけて
「高野君、やればすぐ出来るものをやらないから、先生も大分心配して居られる。」

「それはやれば出来るにきまっています。けれど潮どきが来ないと彼は立ち上がらないでしょう。」

「面倒な人だな。その潮時だって今までに再三あったのに――」

その先輩も素十の性質を知っており、傍から言えば一層こじれることがわかっているので、何も言わずに見ているらしかった。素十はまたこういう眼で周囲から見られるのが苦しく、その苦しさをまぎらすために俳句を詠んでいるらしかった。

素十の態度は最も虚子に従順だったと言ってよいであろう。素十は虚子の選に不服を抱いたこともなく、虚子の作句はすべて好意的に解釈している。ある時、虚子が私と素十とを前に置いて言った。

「子規の晩年ですが、私と碧梧桐に向って、清《きよ》さんは素直だが、秉《へい》さんはすぐ反撥するねって、言ったことがあります。」

それをきいて素十が笑い出した。

「おい、いまの先生の話はね、お前がつまり碧梧桐だっていうことだよ。」

私は、碧梧桐に会ったことは、ただ一度だけで、その態度の傲岸さにいささか反感を抱いていたのだが、反撥する性質だけは同じようなものかも知れぬと思った。だから素十の言葉はむしろ愉快で、私も笑った。

虚子は、一月号に近詠百二十句を発表しているが、その中で

樂焼をする店ありぬ新樹かげ
箱釣や頭の上の電氣燈
電車行くそばに祭の町すこし
トロッコの過ぎたるあとや行々子
釣棹をかたげて歸る月見草
田植女の赤きたすきに一寸惚れた
交番のうしろに在りぬ藻刈舟
橋脚にはりし規則や床涼み

いずれも句会の席上詠らしいが、いかに席上詠といっても、これはあまりに無造作すぎ、而も古くさえある。この程度の句ならば、どこの句会へ行っても句稿の中に散見するものであると思った。

私の感心した句は少なかったが、まず

品川の濁れる海や衣更

というのがあげられる。これには衣更の季節感が実によく現れており、初夏の日をうけた浅い海の香があたりに漂うほどの力をもっている。衣更という題を得て、品川の海の濁りに眼を転ずるのは、よほどの鍛錬を経た作者ならでは出来得ぬことと思われる。また

はなびらの垂れて靜かや花菖蒲

という句も、一見平面的な写生と見えるが、第一、第二の二音節には作者の心が深くこもっていると見なければならぬ。静かに老いた心境をもって見ればこそ、菖蒲の花弁は天地の中にしずかに垂れているので、騒がしく濁った心には、このような菖蒲のさまが映る筈はないのである。

その他

草市や一からげなる走馬燈

の哀れさや

新涼や佛にともし奉る

のすがすがしさも、凡手を以てしては詠み得るものではないと思った。ただ前掲「楽焼」以下の八句、殊に「田植女」の句に、私はつよい反撥を感じざるを得ないのであった。

反撥といえば、次のような事も反撥であったにちがいない。句評会に雑多な人々が出入

し、中には地方に名を売らんが為、通知もないのに当日は必ず顔を出すという者も出て来たので、私は前年の秋、その刷新を虚子に申し出で、一定の会員以外は、たとえその場に居ても発言せしめざるようにと献言した。

虚子は

「それは名を売るために出席するような者があっては困ります」と答えたのち、しばらく考えていたが、

「私はこう思っているのです。あなた方が批評をなさる。また中には名を売ろうというような考えで、口を出す人がある。しかし、それ等のいろいろの説が出て、たとえそれが間違ったものであったにせよ、最後に私が一言附け加えれば、それだけですっかり締めくくりはつくと思います。私の解釈だけあれば、それでいいようなものです。」

私はその自信のほどに感心したが、それでも他の評者が全く無視されるということはいい気持ではなかった。結局この事は私の献言が容れられ、句評会員は一定数に限られたが、しかし自由な空気は依然として流れず、それに句評会に提出される句（これは虚子がきめた）の質が落ちて来たので、合評はますます生気のないものになって行った。

二月号のホトトギスに虚子は「俳諧趣味」「花鳥諷詠」の二文章を載せている。後者の方が重大なのであるが、前者もややつながりを持っているので、それに触れて見ると、虚子は禅趣味、茶趣味、俳趣味というものがよく並び称されるが、随分誤解されている面が

多いといい、

だから禅趣味、茶趣味、俳趣味と普通に世間に解釈されてゐる趣味は極く下等な誰にも分り易い趣味といふ事になる。風流は障子の破れなりといふが如き風流観が世上一般に通用してゐるのも、やはりさういふ事にもとづくのである。秀でたる禅の趣味、茶の趣味、俳の趣味といふものは少数の人にのみわかつて決して一般には分らないものである。一般にわかつてゐる禅趣味、茶趣味、俳趣味といふものは一般の人の解釈し得られる程度の極めて下位に属するものである。

と述べている。それならば虚子のいう俳趣味とはいかなるものであるのかというと、虚子は筆をついで次のように定義した。

先づ俳句とはどんなものか、といふことになると、これも簡単に答へるのはむづかしいが、これだけのことはいへるのである。形に於て十七字、質に於ては花鳥諷詠と、斯ういふことは明瞭に答へ得るのである。

俳句ももとより詩である。詩は志であつて、人々が心の底に持つてゐる感情を歌ふところのものである。其点に於ては俳句といへども何等他の詩と変りはない。が唯、俳句は花鳥を仮りて情を陳べる点が一特色を為してをる。其は僅かに十七字であつて尚且つ一つの詩として立つことを得るものは、全く此花鳥を仮りて情を叙するといふ特異な点にあるのである。三四百年間の俳句を通じて盛衰はあつたにしても、其花鳥諷詠といふ一事には変りがない。俳句では自己の胸奥に蔵してゐる感情を十七字に詠はうとする場合に、その胸奥の感情をむき出しに十七字に詠つたのでは物にならない。物にならないといふのは、吟味して見て無味乾燥で詩とはならない。花鳥風月を藉り来つてこれを吟詠せなければ俳句といふものは成り立たない。花鳥風月を仮りて吟詠するといふことは、花鳥風月の姿を最も深く研究し最も深く吟味することによつて、より多く自在に其感情を吟詠し得ることになるのである。感情を俳句に於てなるべく自由に詠はうとすることは、花鳥風月を極めて仔細に研究する事である。これは俳句にありては動かすことの出来ない鉄案である。

この文章はなお少しつづくが、主眼の点はここまでである。

次には「花鳥諷詠」の方から抄出する。この文章は虚子句集の序で、成ったのは数ヵ月前のことであるが、前文にあげられた花鳥諷詠という言葉の字義を明らかにするために、この号に掲出したという後記が附いている。花鳥諷詠という言葉は、この文章によって俳壇全体にひろがり、今なおホトトギス派の標語になっているものであるから、この文章は歴史的に見て重要なものと言えるかもしれない。

虚子はまず

花鳥諷詠と申しまするのは花鳥風月を諷詠すると云ふことであります。一層細密に云へば、春夏秋冬四時の遷り変りによつて起る天然界の現象並びにそれに伴ふ人事界の現象を諷詠する謂であります。

と説き起し、四季の自然の変化と、それに伴う人事とを例示し、次いで、

元来吾等の祖先からして花鳥風月を愛好する性癖は強いのであります。万葉集といふやうな古い時代の歌集にも桜を愛で時鳥を賞美し七夕を詠んだといふ歌はたくさんにあります。降つて古今集、新古今集に至つてもつゞいてをります。足利の末葉に、連歌から俳諧が生れて、専ら花鳥を諷詠するやうになりました。殊に俳諧の発句、即ち今日いふところの俳句は、全く専門的に花鳥を諷詠する文学となつたのであります。

と述べ、さらに

子規は昔私に手紙をよこして「天下有用の学は僕の知らざるところ」と云ひました。子規は自分を天下無用の者だと云ひながら、其時分の賢こさうな顔をしてゐる人々に無頓着で、自分のするところを黙つてしました。尤も子規は黙つてしたといふ方ではない。大いに論じ大いに戦つたのでありますが、しかしそれは自分の進む道にあたつて自分の邪魔になる物に対してゞありました。只天下有用の徒だと自任して居る人には自任させてを《ママ》いて自分の志すところは別にあると云つて黙つて仕事をしたのであります。今日になつて見ると、その有用の徒であることを自任して表面に立つて盛んに活動した人が、もう大方忘れられてゐる時分に、子規の事業は漸く世間のものに認められて来ました。

子規の口吻を学ぶのではありませんが、天下有用の学問事業は全く私たちの関係しないところであります。私たちは花鳥風月を吟詠するほか一向役に立たぬ人間であります。

とつづけ、終りを

吾等は天下無用の徒ではあるが、しかし祖先以来伝統的の趣味をうけ継いで、花鳥風月に心を寄せてゐます。さうして日本の国家が、有用な学問事業に携はつてゐる人々の力によつて、世界にいよ〳〵地歩を占める時が来たならば、日本の文学もそれにつれて世界の文壇上に頭を擡げて行くに違ひない。さうして日本が一番えらくなる時が来たならば、他の国の人々は日本独特の文学は何であるかといふことに特に気をつけてくるに違ひない。その時分戯曲小説などの群つてゐる後ろの方から、不景気な顔を出して、ここに花鳥諷詠の俳句といふやうなものがあります、と云ふやうなことになりはすまいかと、まあ考へてゐる次第であります。

と結んでいるのである。

この説話は例によって極めて常識的なもので、いままで繰り返し捲き返し言われて来たことである。今日俳句の道に入ったものなら知らず、一二年の句歴を有する者ならば、必ず先輩から聞かされ、或は本を読むことによって知り悉している筈である。その常識的な内容が、ここに堂々と繰り返されたことを私はいぶかしく思った。「花鳥諷詠」という包装紙につつまれてはいるが、開いて見ると品物は昔のままなのである。

若しもこの時代に、ホトトギスに対抗する新しい俳句運動がおこり、それが従来の観念をくつがえそうとするものであった場合には、或はこういう文章も必要であったかも知れぬ。しかしこの時代の俳壇は全くホトトギスの天下で、これと覇を争う流派は一つもないのである。無季俳句とか、自由律とかいうものはあっても、それに対する論争はすでに終り、相互の主張はすでによく了解されていた。そういうときに当って「俳諧趣味」が説明され、「花鳥諷詠」が唱えられることは、私には全く不可解であった。

そればかりか、この「花鳥諷詠」は標語としても適当であるとは云えなかった。字面は美しく、音誦するにも適していることは確かであるが、そこにはいささかの新味もなく、昔ながらの風流と解されるおそれなしとはしない。又、虚子は花鳥という中に人事をも含んでいると説くが、その文章が忘れられ、標語のみが残った場合（一二年をすぎればそうなることは眼に見えていた）ホトトギス派は生活を詠むことに無関心なりと思われるおそれもあるわけであった。

殊に私が落胆したのは、文章の終末にある「その時分戯曲小説などの群つてゐる後の方から、不景気な顔を出して、こゝに花鳥諷詠の俳句といふやうなものがあります、と云ふやうなことになりはすまいかと、まあ考へてゐる次第であります。」というところであった。俳句は最短型の詩であるから、小説戯曲の華かさには比すべくもない。しかしその最短詩も、詠む者の努力によって、小説戯曲に比肩し得る境に至らぬとはいえぬ。それだけの希望を持てばこそ長いあいだの勉強をつづけているのだが、自ら「不景気な顔を出して」というようでは、自分の価値を自分で落しているようなものだと思った。私はこの不満を東大俳句会の席上で、先輩にも後輩にも言った。

私は、自分の不満が、ホトトギスの作者の過半に共通する不満だと信じていた。「不景気な顔を出して」というくだりを読んで落胆した幾人、切歯した幾人の顔を想像した。そうしてその人々と共に不景気を吹きとばす俳句を創造しなければならぬと思い決めていた。

ところが、私の想像は忽ちのうちにくつがえされてしまった。ホトトギスの作者の大多数は花鳥諷詠を詠歌のように合唱しはじめた。ホトトギスには多くの衛星雑誌があるが、その中には「虚子先生によって、はじめてわが俳句の上に大鉄案が下された」などという文章が載りはじめた。こうなるとそれは作者の集りではなく、宗教に対する盲信のようなものである。「花鳥諷詠花鳥諷詠」ととなえられる題目の声に、私はただ耳を塞いでいるよりほかはなかった。

四月のはじめ私は一人でどこかに句を作りに行きたくなった。淋しさをまぎらすためである。病院は弟に任せて置けばよいのだが、それでも三日以上あけるわけにはゆかなかった。往復三日という予定で思いつくのはやはり大和路であった。恰も時を同じくして、虚子は満洲旅行をすることとなり、その途次京都に滞在するということで、私にも一日を割いて京都へ来るようにとすすめられたが、私は確答しなかった。多人数と行を共にしては全く作句することが出来ぬからである。虚子は、それならば当麻寺へ行くがよいとすすめ、その双塔の美しさを話してくれた。それには私も素直に従った。

私は、当麻寺、法隆寺、浄瑠璃寺と、三つの寺を廻りたいと思ったが、その順路をきめる知識がなかった。そこで京都へ帰省していた中村三山に手紙を出し、案内を頼んだ。三山は東大俳句会員で、私とは吟行を共にしたこともあるから、作句の邪魔をするような心配はなかった。

夜行で東京を発ち、朝早く京都に着くと、三山とその友達が一人待っていて、同行三人になった。すぐ電車に乗りかえて当麻寺へ行った。古い築地の上に紅梅が美しく咲き残っており、二つの塔も想像していたとおりに見事であった。三山は故郷が大和で、その雅号も大和三山に由来しているだけあって、地理に詳しかったから、当麻寺から法隆寺にゆき、さらに奈良に着いたときは、三時をやや過ぎた頃であった。花曇の空からは低い雨雲が垂れて来た。

私は浄瑠璃寺が何処にあるかを知らなかった。「古寺巡礼」を読むと、奈良の東北にあることだけは想像されるが、国は山城になっている。奈良の東北に山城国があるということも不思議であったが、地図をひらいて見ると、その辺では大和、伊賀、山城の三国が入り組んでいるのであった。

なお仔細に地図を検して見ると、浄瑠璃寺とは記されていないが、ほぼ同地点と思われるところに九体寺と記してある。「古寺巡礼」には浄瑠璃寺に九品仏があると書いてあったので、私はその九体寺を浄瑠璃寺ときめて行って見ることにした。

途中までは自動車があったが、それからさきは往復五里の山道であった。伊賀へ越える旅人達が合羽を着て追い抜いて行った。私達は雨外套だけなので、かなり濡れてしまったが、それでも道を迷いつつ、ようやく九体寺に到着した。

大きな馬酔木の咲き垂れた下に、思いもよらぬ小さな山門が立っていた。四五段の石階を登ってその山門を仰ぐと、扁額に九体寺とあり、一名浄瑠璃寺ともいう旨を書き添えてあった。

寺苑には清らかな池があって、雨脚がこまかい水輪を描く池の面に、三重塔と金堂とが影を映している。この二つの建物は池を距てて立っているのであった。

寺僧は不意の訪問者におどろいたらしいが、それでも親切に案内して、金堂の扉をひらいてくれた。その中には藤原期の金色の九体仏がまばゆいばかりに押し並んでいた。三重塔の内部には巨勢金岡筆と伝うる絵があった。

庫裡で茶をもらいながら、奈良から持参した鮨を食べた。雨はますますはげしくなったが、池のうしろに立つ松山では、鶯がしきりに鳴き交わしていた。この寺の仏像で最も有名なのは吉祥天で、それは上野の博物館に出陳され、私も見たことがあるが、その吉祥天の安置されてあったという小さな堂も池のほとりに見える。私は、こういう山深い寺の庭で、あの華麗な像が少しの破損もなく発見されたときの人々のおどろきを想像して見た。ようやく夕靄が立ちこめて来たので、私達は帰ることにした。寺僧は傘を借してくれ、山を越えたところにある茶店に預けて置いてくれればよいと言った。

奈良の宿屋についたときはすっかり暗くなっていた。私と三山とはすぐに今日の収穫を手帖に書きはじめた。三山の友達である若い学生も、この頃作句しはじめたということで、ノートを破った紙に四五句を書いて二人に見せた。

私は床についてまことに満ち足りた思いであった。当麻寺も想像以上によく、法隆寺の金堂で見た数々の宝物も美しかったが、浄瑠璃寺の景はそれ等よりも更にすぐれたものとして印象に残った。あのような山深いところに、あのように美しい寺のあったことは、思いも及ばぬ不思議であった。「古寺巡礼」の記事も写真も、あれほどの美しさを予想させはしなかった。私は偶然の春雨が景を一層ひき立てたことを肯定したが、雨と鶯との情趣を除いてもこの寺の価値に変りはないと思い、今度の旅の成功から何か新しい句境のひらけてゆくような幸福を感じた。

馬酔木より低き門なり浄瑠璃寺

金色の佛ぞおはす蕨かな

池さびし菖蒲のすこし生ひたれど

鶯や雨やむまじき旅ごろも

翌朝は晴天であった。三山に予定をきいて見ると、彼は京都に友達が多いので、今日催されるホトトギスの吟行に参加したいというのであった。吟行地はきまっていないけれど、京都へ行けばわかるだろうと言った。私もきのうで満足していたから、彼と同行することにきめて、ゆっくり博物館を見てから京都へ向った。

私は、三条の王城の家へ行く方が、早く今日の吟行地を知ることが出来るだろうと思い、三山等を伴って王城の家をたずねた。王城の家には私宛の手紙が置いてあり、「君が奈良に来てゐることを先生の話できいた。もし今日京都へ来たら、鷹ケ峰へ吟行してゐるから、追ひかけて来るやうに」と書いてあった。

私は三山を案内として鷹ケ峰へ向った。金閣寺の前から北へ折れて辿ってゆく山路は麗らかであった。鶯の声がしきりにきこえ、柴を背負った男達が行手から下りて来た。

ここから光悦寺へ出る急な細径を登りきると、其処に大きな巌があって、裾のところに虚子と王城が立っていた。私は虚子に挨拶し、王城へは手紙の礼をのべた。

「当麻寺はどうでした」と、虚子はいつものようにゆっくりきいた。私は当麻寺の双塔の美しかったこと、浄瑠璃寺がまた思いもよらぬよい寺であったことを話した。

「それは雨のために却ってよかったのでしょう。」虚子はうなずいた。王城は寺がすきで、たいていの寺は知っているが、浄瑠璃寺へは行ったことがないと言って、私に道筋を詳しくきいたりした。
光悦寺の一室で、型のとおりの句会があり、私達は元の山道を辿って帰った。虚子は金閣寺を見に行くという。私も行って見ようかと思ったが、虚子の随行者が多すぎるのでやめた。そこで金閣寺道と別れる辻に来たとき、私はすぐ満洲へ旅立つという虚子に挨拶して、
「大和で作った句がありますが、御旅行中の御閑なときに見ていただけましょうか」と言って、光悦寺の句会のあいだに原稿紙に書いておいた句稿をさし出した。虚子は気軽に受取って
「いま見てあげてもよう御座んすよ」と、その句稿をひらこうとした。
そのとき三山が傍から進み出て
「先生、私のも見ていただきたいのですが」と、少し多すぎると思われた句稿をさし出した。虚子は
「では、これは旅行中に見ることにします」と私に言って、句稿を袂に収めた。三山の句稿は終に手にとらなかった。
三山は私と二人になってから、しきりにそのことをこぼしはじめた。
「いや、僕のはね、ああしなければ具合の悪いわけがあるんだよ。前に奈良へ行ったとき、先生は京都に来て居られて、僕の寄るのを待って居られたんだ。そのとき寄らなかっ

たし、今度もまた君と奈良へ行ってしまったろう？　だからああでもしないと、そこが妙なことになるのだ。先生もそれはわかって居られるんだよ。そこへ君が句稿を出したのでね、気の毒な事になってしまったんだ。」三山はそれを聞いて、解ったというようにうなずいていた。

帰京後、一週間ほど経て、奉天から出した虚子の手紙が着いた。簡単な消息であったが、同封した私の句稿には、批評と注意とがこまかに書いてあった。私は初学時代に帰ったような気持でその句稿をながめていた。

ある日、虚子の留守の発行所へ手つだいに行くと、京都から王城が上京していた。私達は竹葉の食堂へ行って夕食を共にした。

「どうや、このあいだの吟行で何か気のついたことがあれへんか？」王城はわざとそんな言い方をして私の顔を見た。

「いや別に。」

「別にといって、何か気づいたことがあるやろう？」

「さあ、そういえば若い人で、変な眼つきでこっちを見ていた人があった。」

「それや」と、うなずいて、「気ィつけてくれんと、あかんぜ。」

王城のいうところによると、一月ばかり前に、東京の作者で京都へ遊びに来たものが二人ほどいる。東大俳句会員ではないが、盛に東大俳句会の噂をした。その中に私がいろいろホトトギスに不満を感じているということも織込まれ、次第にそれが昂じて来て、秋櫻子は謀叛をするかも知れぬということまで言ったから、あのような眼で私を見るものが出来たというのであった。

「謀叛とはね。」私はいささか驚いた。

「噂というものはこわいぜ。」

「あらぬ噂の立ちし行春――ですか。」

「冗談ばかり言ったらあかん。君がそんな噂を立てられるようでは、ホトトギスのために困るではないか。僕や泊月は、どんな噂があっても本当にはしないが、何も知らん者には面白いからね。」

　王城は懇々と私に自重をうながして別れた。私は帰宅の途中、その噂を撒いた人をすぐ思い附いたが、どうも底意があってした事とは思われなかった。ほんの面白半分に言ったことが、信徒のように凝りかたまっている京都の人を刺戟したのにちがいないと思った。

　ホトトギス五月号に虚子は「絵に空白を存する叙法」という文章を載せている。これは嘗てホトトギスの俳句に、終り五字を「ありにけり」と置く叙法があったのを、大須賀乙字が無意味に近いと非難したことがあるが、それに対する答である。その叙法の例をあげると

川底に蝌蚪の大國ありにけり　　鬼城

月さして一ト間の家でありにけり　同
麥飯に汁まだ冷えずありにけり　星光
病葉に家高々とありにけり　再生

などのようなものである。
虚子は鬼城の「月さして」の句をとりあげ
間数は沢山はない、只一間ある丈の家である。それに明るく月がさし込んでゐるとい
ふ、それだけの感じを現はす為めには、終りの方を意味ある言葉で複雑に現はすより
も、殆ど意味の無い文字で埋めてしまつた方が、一層簡単な一ト間のうちである事を
力強く読者に伝へ得ることになる。即ちこの句は
月さして一ト間の家……
と云ふだけで沢山なのであつて、その外には却て言葉を使用せぬ方が宜いのである。
が、こんな風の文句になると、恰も井泉水なんかの作る一行詩ともいふべきものとな
るのであつて、それでは俳句にならない。であるからこれらの十一字に尚「でありに
けり」といふ殆んど意味のない六字をつけ加へて、それで一句をなしたと見るべきで
ある。
と言っている。そうしてさらに言葉をつぎ、この六字を無用のものと言ったが、それは
仮に云っただけである。この無用に似た六字をつけ加えた事によって、響きの上からその

感じを伝え得る言葉として役立っている。即ちこれは無用の用をなしていると、説明しているのである。

これがつまり絵に空白を存することと同じ意味になるというのであるが、一応の説明はそれで成り立っているように思われる。しかし私はこれをあまりいい論だと思わなかった。

鬼城の「月さして」の句は、鬼城の作として傑れたものではないが、しかし鬼城の生活をよくつたえるものとして、記憶していてもよい句である。ところがこの句のあるために（或はそれより前にも少しあったか知らぬが）、これを真似て「ありにけり」という叙法が俳壇に氾濫した。句会などに行くと実に大量の「ありにけり」を発見する。それに類似して「なりにけり」というのもある。「とはなりにけり」と七字にしたのもある。たとえば「雨しげき遅櫻とはなりにけり」という類である。殊に困ったのはこの「でありにけり」で、鬼城が使ったからこそ、句の中に落着いたのであるが、これを初学者が濫用した場合はただ句の気品を落すだけのことで、なんの役にも立たぬのであった。

私や誓子はこういう叙法を公式と称していた。まだまだ他に幾つもある。これは公式第何号によって作ったものであるなどと、句会の句稿を見ては笑ったものであるが、「でありにけり」、「とはなりにけり」などは、最も簡単なる公式で、これより複雑化した公式もまたいろいろあるのであった。

私達はこの公式によらぬ俳句を作ろうと考えて勉強し、とにかく自分の表現をつくり上げて来たのである。誓子は大阪にいるから、誓子も同感であったと書くことは出来ないが、私は、今更「でありにけり」が推奨されるようでは大変だと思った。これでは忽ち雑詠欄に公式の復活するのは眼に見えている。

絵の空白の部分が大切であることは、池大雅の言葉にあるので、よくわかることであるが、それと「でありにけり」とを比較するのも可笑しな話である。また虚子は油絵の場合でもそうであると述べているが、これも首肯しがたきことだと思った。

虚子はいつであったか素十に向って「秋櫻子君の句の詠みぶりを見ると、裂れ地の隅から隅までをミシンで縫いあげたようなものだ」と評したそうであるが、あるいはこの説話は私のためになされたものかも知れなかった。

この頃、斎藤茂吉の「短歌写生の説」という本が上梓された。私は早速読んで見た。ある日発行所へ行くと、平素読書をあまりしたことのない虚子も読んでいて、次の漫談会にはこれをとりあげて見たい。そうして茂吉とは面識があるから、招聘して共に話し合ったら有益であろうと言った。私もそれに賛成であったし、こういう機会に医学の先輩として尊敬している茂吉にも会って見たかった。私は茂吉の著書をすべて読んでいたが、よそ眼にもその風貌を見たことはないのであった。

虚子から手紙が行き、茂吉からも承諾の返事があった。なお平福百穂も同席するかも知れぬと、虚子は言った。百穂はアララギに属する歌人であり、ホトトギスとも縁がふかいので、尚さら好都合であった。

こういう会は初めてのことであるから、前以て話題を相談して置こうというので、私達は虚子から呼ばれた。私、素十、青邨、水竹居、花蓑の五人であった。虚子は、同じ子規から発生した写生であるが、短歌の方は主観的であるから、こちらは平常唱えている客観写生を説明し、それと短歌の方とを比較して話して見ようと言った。それはたしかにホトトギスの読者にとっては有益なことにちがいないが、私は客観写生という言葉をあまり好かないので当惑した。しかし、それなら他によい案があるかと言われても別にないから、虚子の指示に従うことになった。

当日は、茂吉も百穂も出席して、はじめの雑談は和やかであったが、いよいよ写生ということにはいるとすぐに両方の意見が喰いちがってしまった。こちらは予定のとおり客観写生ということを説明しはじめたのだが、茂吉のいうには、由来写生の根柢は実相に即することであり、実相は客観に限らず、主観もまた実相の一つである。だから写生の上に客観という二字を冠する必要はない。写生ということを自分が本に書いたように極めて置いて、それから実作に就て検討して見ようではないかと言った。それはよくわかる議論であり、その写生定義の上に立って、問題とし得る俳句もあるのだから、私はそういう方向に話の進むことを望んでいたが、こちらは前からの打合せがあるので、しまいまで客観写生にこだわってしまい、終に話は進まずして時間が尽きた。

こういうわけで、まことに物足らぬ会合になったが、途中、食事をしたときに、私は「赤光」、「あらたま」の著者の遠慮のない物の言いぶりと、人の言をこだわりなく受けとる様子に心を惹かれた。このような態度をとる人ならば、アララギの若い作者達が歌の上の疑義を申し出たときも、同じ立場に立ち、心をひらいて論じて呉れるだろうと思った。私達の句評会のように思うことを十分に言えないようなことには決してなるまいと想像された。

この漫談会の記事は七月号に掲載されたが、茂吉は附記して『私は、主観写生、客観写生を論議するよりも、これは写生であるか、非写生であるか、写生が出来てゐるか、写生の出来ぞこなひであるかを論議する方が、「写生論」としては直接でいゝと思ふのである。なほ、次の機会に客観的な「写生歌」を出して、批評して頂かうかと思ふ』と述べた。

そこで次の月の漫談会に再び茂吉を招き、その歌を提出してもらって意見を述べ合おうということになったが、茂吉の都合がつかず、歌だけが送られて来た。そこで会は虚子、風生、青邨、花蓑、私の五人で行うことになった。このときもまずどういう批評の方法をとるかということが決められたが、虚子の意見で、主観的描写、客観的描写という言葉を用い、歌は主観的描写をとるもの、俳句は客観的描写をとるものということを原則として論ずることとなった。これも随分独り合点のことであるが、とにかく私達は虚子の言に従うことにした。

歌は、子規のもの四首、赤彦のもの一首であったが、この批評は茂吉にとってまことに低級なものと見えたらしい。筆記を郵送すると、今度もまた附記があって私達の説は完膚なきまでにうちのめされた。殊に茂吉は、佳作と信じている赤彦の歌に対して、私達が無理解であるのを憤ったのであった。その赤彦の歌というのは

或る日わが庭のくるみにさへづりし小雀來らず冴えかへりつゝ

で、歌壇ではよく引例される歌である。地味であるがまことに自然で、作者の深い心持も籠っている。私はあとでよく考えて見たのだが、この歌を解するときに、私達俳人は「さへづりし」をあまり重大にとりすぎたところに、誤謬があったのであろうと思った。

この歌では「さへづりし」を極めて軽い意味で詠んでいるのであろう。すなわち小雀は庭のくるみに来て、少しのあいだ鳴いていたというほどの意味である。

ところが、俳句の方では「囀り」が季語になっているので、どうしても解する場合に重い意味をつけやすい。いったい季語の囀りは、季節でいえば三月の終りから四月にかけてのことで、うららかな日影の下に、小鳥がながながと鳴きつづけることをさすわけである。これによってこの歌を解釈してゆくと、ある陽春のうららかな日に、くるみの木に小雀が来てながいあいだ鳴いていたが、その後冴え返って寒い日がつづいたので、あの小雀

は来ぬようになってしまった――となる。

こうなると「囀り」と「冴え返る」との関係が変なことになる。「冴え返る」も亦季語で、これはまず二月末から三月はじめにかけてのことであろう。だから赤彦の故郷が諏訪湖畔だということを頭に入れて置いても二つの季語の関係は不自然なことになるのである。

このように俳句作者は「季語」を非常に重く見るのであるが、短歌の方ではそのようなことはなく、「冴え返る」も、普通に使っている如く、ただ春の一日の寒いという意味に解釈しているにちがいない。小雀が或る日くるみの木に来て啼いた。それから二三日のあいだ、今日も来るか、今日も来るかと気にとめていたのだが、やって来ない。時候はすこし冴え返って来たようである――というようなわけなのである。そう解釈して見ると、柿蔭山房の庭のしずかなさまも想像され、春になったとはいえ、まだまだ霜柱の深い朝々がおのずから眼にうかぶ。やはりこれは人生の苦労を積んだ相当の年配の人の、自然に対するつぶやきというようなものになって来るのである。

とにかくこういうわけで、二回の漫談会は失敗に終り、まことに残念であった。而も記事を見たホトトギスの読者の眼にも、客観写生にこだわった私達の行き方がまずかったと見られたらしい。そういう手紙の二つ三つが発行所宛に送られて来たりした。しかし私はこれによって短歌を味わうときの用意を一つ心にきざみつけた。俳句季語と同じものが、短歌に使用されていても、それにあまり重い意味を持たせると、作意とちがった解釈になりやすいということである。これだけでも勉強の上では一つの収穫だと思った。

炎暑のはげしくなった頃、虚子は成田山の夏期大学から講演を依頼された。一人だけでは疲れるので、先方に交渉し、二名を加えることになったから同行するようにと、私と青邨に話があった。

朝上野駅から成田行に乗った。途中、手賀沼のあたりに瓜畑が多く、瓜小舎が点々と立っているのを眺めて、虚子は句を作り、私達に見せた。また前日選了したという雑詠中の新人の句を記憶していて話したりした。

成田には新勝寺の執事と、川名句一歩とが出迎えていた。句一歩は役僧の中でも上級らしい身装であった。庫裡の中の静かな一間に導かれ、昼食の饗応があったが、見るとその他の部屋部屋には袈裟、衣の類が沢山かけ渡してあって、虫干の行われていることがわかった。

食後、執事が短冊と硯箱とを持ち出したので、私達は「よせばよいのに」と思って眺めていた。虚子はこういうことを好まぬからである。しかし、このときは気軽にその短冊をとりあげ、即詠の虫干の句を書いた。すると句一歩が手に持っていた扇子をさし出して、「先生、これにもどうか」と言った。虚子はしばらく黙っていたが、扇面に筆をはしらせて句一歩に返し

「君は小僧だから、これでいゝだろう」と言った。句一歩は礼を言って扇面を見ていたが、実に情けなさそうな表情をして私に渡した。それには

　蟲干の襷がけなる小僧かな

と書いてあった。

　講堂へ案内されると聴衆は一杯であった。まず高島米峰の話があり、次に虚子が立った。なんの話だろうと思っていると、俳句の本質の説明で五分位で済んでしまった。「私の話はこれで終りであります」というのがあまり早かったので、聴衆もおどろき私達も驚いた。そこで私達は予定よりも話を引きのばして時間を埋めた。

　虚子の講演の短かったのは、気分でもわるかった為かと思ったが、そうではなかった。帰途は両国行の列車に乗ったが、その中でも往途と変らずに談笑がつづいた。

　その頃、東大俳句会はますます盛になった。素十はようやく研究をはじめたらしく、殆ど顔を見せなかったが、いつも二十名位は出席していた。幹事は岩田水鳥で記事は医科の学生である曽根豊水が書いていた。中村草田男は文科の学生で、少し前からの会員であるが、目ざましい進境を示していた。水竹居も雑詠に於ける成績がよくて得意であった。私達はその句に感心していなかったが、時としては水竹居の方が上位に掲載されることがあった。私達は仕方なしに苦笑するばかりであった。

　観月句会は護国寺の月光殿の庫裡でひらいた。前々年は川崎屋であったが、前年は隅田

川に舟をうかべて、女流の家庭俳句会と合併して行った。今年はその上に七宝会まで加わったので、賑やかなことにはなったが、東大俳句会らしい気分はすっかり薄らいでしまった。

この月光殿というのは、秀吉が三井寺に奉納したものであるが、横浜の原氏が買取って護国寺に移したので、能舞台によく似ていた。庫裡もまことに広く、五十人の会員が居並んでも十分に余裕があった。

美しい月がのぼって、木立がしずかな影を置く境内を逍遥しつつ句を詠んだ。はじめは月の句ばかりであったが、題詠好きの人が多く、芙蓉とか渡り鳥とかいう題を課して、第二回の運座がはじまった。東大俳句会も随分騒がしいものだが、しかし批評になると皆熱心に意見を述べ合った。それに反してこういう会は、ただの遊びの気分がつよく、私にはあまり興味のないものであった。

その年の十二月でホトトギスは四百号に達するので、祝賀会をひらくことがそろそろ問題になっていた。ホトトギスに属する東京の会のうちで主なるものは、東大俳句会、家庭俳句会及び宝生流の能楽に関係する人々の七宝会であり、自然この三会が中心となって祝賀行事を考えることになった。まず日数を三日とり、第一日が講演会、第二日が俳句会、第三日が晩餐会と決った。会場には丸ビルの集会室と精養軒食堂を使うので、これは三菱地所部長に昇格していた水竹居の管理下にあるのだから、日取りは何日になってもまず使用することに心配はなかった。

雑誌には相変らず雑詠句評会と漫談会との記事が連載されていた。しかし句評会には誰も全く熱を失っていたし、漫談会はまた話材がなく行悩みをつづけていた。そこで困った揚句の談合の際に、一人が文章会に変更したらどうだろうと言い出したので、私はすぐに賛成した。虚子はその頃、春の満洲旅行で得た題材によって、いくつかの小品を書き、それを毎月連載していたが、さすがに鍛えあげた文章は簡潔の中にも趣をこめて見事なものであった。私達は文章を書いて朗読し、それを互評した上で、虚子の評をきけば面白いだろうと思った。雑詠句評会の場合とちがって、これは虚子選でないものを批評するのだから、いくら悪口を言ってもよく、そこが甚だ自由であったし、また互いに悪口を言われたところで、それを根にもって怒るような者は一人もいなかった。私は雑詠句評会の窮屈な気分を、これによって散じようと思い、すぐにもこれを成立させたかった。風生も青邨も賛成したので、この文章会は成立した。

虚子は、子規時代の文章会の話をした。子規は、文章には山がなければならぬという主張を持っていたので、文章会を山会と命名し、作者達は子規の病床を囲んで各自の文章を朗読し、子規の歿後も続けられたものだそうである。漱石の「吾輩は猫である」はここで読まれたし、左千夫の「野菊の墓」も、虚子の「風流懺法」もここで読まれた。これが第一次の山会である。次いで文章会は漱石の家で開催されるようになり、吉村冬彦、鈴木三重吉、野上彌生子などがそこに集った。それ等の文章は皆ホトトギスに掲載されたから、これを第二次の山会と称してもよい。第三次はまた発行所で開かれ、勝本清一郎、前田普羅、原月舟、大岡龍男などが集った。そういうわけで、今度は第四次の山会となるということであった。

私は山会という名称は古い感じで好きではなかったが、名称にこだわっていることは無いと考え直した。今度の会員は、富安風生、山口青邨、赤星水竹居、私、それに山崎楽堂が加わることになった。

私はそれまでに十篇ばかりの文章をホトトギスに書いたが、いずれもいい加減なことで、あとで読み返すのも気恥ずかしい位のものであった。やはり文章も俳句と同じで、厳しい批判をうけつつ鍛練すべきものであると思った。しかし第一回の会に書くべき材料は何もないので、焦慮のうちに日が過ぎて行った。

ある日水竹居から電話がかかった。何の用かと思うと、四百号記念会の晩餐会で、家庭俳句会も七宝会も余興を出す。だから東大俳句会も何かするように考えてくれというのであった。私は、こういうときの相談対手になる素十に会う機会がないし、風生や青邨はそういうことは嫌いだから、とても駄目だろうと返事をした。ところが水竹居はすでに発行所で引受けてしまったらしく、どうしても承知してくれなければ困るというのであった。

そこで風生・青邨に相談すると、予想どおり駄目だという。全く困ってしまい、それを発行所へ報告にゆくと、本田あふひに会った。あふひは家庭俳句会の主宰者であり、七宝会もこの人の力によって出来ているのである。年はその頃五十をすぎていたであろう。

「私の方はもう余興はきまりましたがね、東大の方はどうです。」男のようにてきぱきした口調でこの人は話しかけて来た。

「いや、まだ何も考えがないいんです。」

「仕様がないじゃありませんか。それなら花蓑さんに口上をやらせればいい。」

途方もない事をいう――と私は思ったが、帰途に考えて見ると、これは途方もないことではなさそうだ。花蓑は身の丈は低いが、顔がまことに古風で、色は赤銅色だ。これに裃をつけさせて、人形振りで行ったら面白いことになるだろうと、私の考えはだんだん具体化して来た。人形振りの振附けは、本職の秀好に頼めばよい。口上も秀好に黒衣をつけて言ってもらう。それから人形つかいも一人出して、これには佐々木綾華が適役だと思った。

そこでこういう事に興味をもつ風生に相談すると、それは頗る妙案だが、花蓑と綾華が承知するかどうか、これが問題だろうと言った。私は綾華は承知させる自信があったが、花蓑はたしかにむずかしそうだ。そこで勤め先の役所まで出かけて話して見ると、予想どおりなかなか首を縦に振らなかったが、それでもとうとう承知させることに成功した。綾華の方は大喜びで、人形つかいとはいい役だと喜んでいた。

これで口上だけは出来たが、花蓑は東大俳句会の正会員というわけではなく、秀好や綾華は会員外だから、これを以て東大俳句会の余興ということは出来ない。そこで水竹居、風生、青邨、私の四人が学士会館に学生会員を集め、余興を引受けてくれぬかと話した。さぞいやがるだろうと思っていたのだが、皆喜んで承知した。そうして相談した結果盆踊りのようなものと、ダンスのようなものと、二つやるから、その歌詞を先輩達が作ってくれという。どういう歌詞かときいて見ると、「波浮の港」と「東京行進曲」の替歌がいいと言う。ところが先輩達はその二曲がどういうものであるかを知らない。結局この役は私が引受けさせられ、その上に花蓑の口上の台詞をつくることまで押しつけられてしまった。

一週間ほど経て準備が出来、水竹居の家で稽古が始まった。花蓑の人形振りは蓑助が振附けをして、秀好が口上を引受けた。盆踊りもダンスも蓑助の振附けで、秀好が監督した。見ていても面白いものであった。この稽古は三日にわたってつづけられた。蓑助もその頃俳句を詠んでいた。

十一月十六日が記念会の第一日で、講演会であった。虚子、鈴木三重吉、水竹居、私の四人が演壇に立った。虚子の演題は「四百号回顧」三重吉のは「文章漫談」というので、これが最も興味深かった。

十七日は俳句会、十八日が晩餐会と余興である。余興は晩餐を中にして前後の二部に分れ、前は七宝会と家庭俳句会の担当で、宝生重英の一調、松本長の仕舞、野村万造の小舞などがあった。

晩餐会には平福百穂、川端龍子など平素表紙絵を依頼する画壇の人、能楽界の人、水巴、石鼎、蛇笏、普羅等の古参同人が揃い、水竹居が挨拶をした後、百穂が立って乾盃をした。

その後でまた余興がつづけられ、蓑助の舞踊「雪」のあとが東大俳句会の担当であった。学生の盆踊りとダンスも稽古以上の出来であったが、花蓑の口上は絶品という好評であった。あまり拍手がはげしいので、途中で笑い出しそうになり、それを懸命に耐らえた顔がまことに面白かった。

会の終ったあと、東大俳句会だけがまた食堂に戻り、ビールで今日の成功を祝った。素十も晩餐の頃から出席していたが、急に立ち上って、「虚子先生の万歳を唱えよう」といい出した。これは水竹居か風生の役だと思っていたのに、素十がいいだし、而もそれが不意であったからおどろいた。素十にはこうした機会を摑む要領のよさがあって、私はいままでにも屢々それを見せられていた。

みづほはこの祝賀会に出席しなかったが、その頃は特に作句に熱心で、新潟から「まはぎ」という雑誌を出した。虚子が題字を書き、浜口今夜が編輯を助けていた。今夜は私と一高時代から同クラスであったが、あまり話し合ったことはない。俳句も新潟医大の内科教授として赴任してから、みづほに勧められて作りはじめたので、記憶に残るほどの作はなかった。元来彼は学生時代非常な勉強家で、成績も優秀であったが、多くの友を作らず、講釈の寄席にばかり通っていた。だから俳句にもそれが影響して、「花火師の大往生でありにけり」という句を詠んだ。これを賞める人もあったが、私は嫌いであった。

みづほの雑誌であるから、素十もいろいろと応援していた。素十もみづほも絶対にホトトギス崇拝で、「もし虚子が死ぬようなことがあれば、その時かぎりで俳句をやめる」と言っていた。私にも気持はわかるけれど、そういうことを人前で言うのが感心出来なかった。

素十は、句が出来るとすぐにみづほに送るらしかった。みづほは私に手紙を寄せ、「近頃の素十の写生句は実に素晴らしいものだ。君などももう一度純粋な客観写生から出直さなくては駄目だ」と言った。みづほは以前から頭の中で句を造りあげる傾向を持っていて、私達の如く吟行で自然描写力を鍛えることを殆どしなかった。そのため素十のこまかい描写を見ておどろくのである。そうして自分の驚きを私達にも無理強いに強いようというのである。私はこの見当違いの忠告に肯くことが出来なかったので、それには触れぬ返事を出して置いた。

私はなぜみづほがこうした態度をとるのか、よく理解することが出来なかった。みづほは医学徒としても私より先輩であり、東大俳句会員としても先輩である。だから私は先輩に対する礼を尽して来たのだが、新潟にいるみづほから見れば、東京の私にはわからぬ不平があったのかも知れぬ。しかしそれを以てきびしく俳句を攻撃するというのも変なことである。結局これには私の知らぬ原因があるのだろうと考えたりした。

四百号の祝賀会が終って一週間ほどすぎたある日、虚子は私達を晩餐に招いた。その席上虚子は紙を細く捩った籤を出しながらこう言った。

「東京の祝賀会につづいて、京阪でも祝賀会があります。こちらの時には向うからも大挙して来てくれたのですから、諸君もこの籤に当ったら必ず行って下さい。また花蓑君は特に行ってあの口上を見せて下さい。」

私は病院の都合で行けないことがわかっていたので、

「籤が当っても行けません」と言いかけた。すると青邨が傍から

「まあまあ、引きなさい。もし君が当ったら僕が代りに行く。二人共当ることもあるまいから」とささやいた。そうして籤を引くと、青邨が当って私は外れた。

京都へ行ったのは、虚子、水竹居、青邨、たけし、花蓑などであった。花蓑は大阪の牡蠣船で口上の人形振りを演じ、喝采を博したということであった。

十二月のはじめ、第一回の山会が開かれた。かねて考えていたとおり、皆思う存分批評をし合っておもしろかった。句評会で窮屈な思いをしながら、感心しない句を無理に褒めているのとはちがって、まことにのびのびとした思いである。文章の出来は皆そろってわ

るく、それが遺憾ではあったが、はじめての会だというので、全部掲載されることになった。第二回もつづけてその月の内に催された。

九　句集「葛飾」

昭和五年のはじめ、馬酔木発行所から私の句集を上梓しようと綾華が言った。私も一冊の句集が欲しかったので、いままでの句をしらべて見たが、まだ集としてまとめるには数が足りないように思われた。しかし、この頃は作句力がやや衰えていたので、かりに一年さきにまとめるとしても、よい句の加わる望みはなかった。そこで綾華に承知の旨を答え、題名は「葛飾」ときめた。

当時、ホトトギス派の作者の句集は、大体虚子選を通ったもののみをまとめる風習があった。それはたしかに集の質をよくすることであり、著者としても安心の出来ることである。私もそれに従うこととしたが、なお虚子選を経なかったものも若干加えた。

問題は序文のことである。これもその頃は虚子の序文を乞うのが慣いであった。私もそうすべきだとは思ったが、どうしても気が進まなかった。前に句文集「南風」が京鹿子発行所から出版されたときも、虚子の序文は貰わなかったが、今度はよほど事情が異っており、序文なしに上梓すれば、またホトトギスの盲信者達から妙な眼で見られることは確かであった。しかしいくたびか考えたうえ、私はどうしても序文を乞う気にならなかったので、そのことを綾華に話した。綾華もそれに賛成であった。

私は自分でかなり長い序文を書いた。それには自分の作句の信条を書き、ただ無心に自然を描く態度でなく、自然を描きつつも心をその中に移すことに苦心していると述べた。ここは虚子に対して最も注意を要する個所なので、丁寧に繰り返し、結局自分の句はよき師とよき友とを持ったために生まれたものであると書いた。

装幀は、温亭句集と同色の絹を使い、村田三彩子が鳳凰を線描したものを金箔で入れた。三彩子は当時帝展の彫刻部に作品を出陳しており、二回重ねて特選を得ていた。

部数は、綾華が一千部を主張したが、私は五百部でよいと言った。当時の句集には、虚子を別にして、一千部刷ったものはなく、皆五百部かそれ以下であった。綾華は、それならば紙型をとって置こうと言ったが、私はそれも必要のないことと答えた。どうしても三百部以上売れようとは考えられなかったからである。

綾華はコットン紙が好きであった。私はそれもきらいであったが、そうでなければ厚さが加わらぬので、紙質のことは綾華に賛成した。綾華は函も厚いボールで作るといった。

三月になって出来あがって見ると、装幀だけはよかったが、函がかたい感じの上に、印刷があまりよくなかった。それで私はいささか落胆したが、四五日たつと綾華が来て、もはや売切れてしまったと言った。私はただおどろいてそれを信じきれなかったが、しかし、自然に喜びが湧きあがって来た。目下作句力の衰えている自分の句集がそれだけ多く読まれるのは、やはり四五年前の努力の結果だろうと思った。

もう一つ、この句集が、いままでにない編輯をしていることも、若い人達に喜ばれているのだろうかと考えた。それまでの句集の編輯はすべて季題別にしてあり、句の上にその季題を載せてあった。私はその習慣を捨てて、まず全句を春夏秋冬に大別し、次に大和の春、葛飾の春、水郷の夏、赤城の秋、多摩川の冬というような項を設けて、同じ場所で出来た句を一個所にあつめ、また連作の項を設けて、筑波山縁起や仏像を詠んだ句をそこに並べた。こうして見ると、古い排列に比べて、まことに見た眼がよいのであった。

綾華は、紙型をとって置かなかったことを口惜しがっていたが、すぐにまた新しく組んで再版を作った。この分は函のボールを軟かくし、貼紙の色を淡藍にした。初版は朱で、すこし感じが強かったからである。

ある日、原稿をとどけるためにホトトギス発行所へゆくと、エレベーターの前で、発行所から帰って来る麻田椎花に会った。椎花は中央公論社を経営していた麻田駒之助であるが、少し前から俳句をつくりはじめていた。私はこの人を水竹居と共に、よい先輩だと思った。

椎花は葛飾を寄贈された礼を述べ、「序文で柔かに気持を述べてあったので、よくわかりました」と言った。私は丁寧に読んでもらったことが嬉しく、その厚意を謝してわかれた。

　発行所には虚子がひとりでいた。原稿をさし出すと、それを受取ったのち「葛飾の春の部だけをきのう読みました。その感想をいいますと……」ここで一寸言葉をきったのち「たったあれだけのものかと思いました」と言った。私は「まだまだ勉強が足りませんから」と答えたが、心の中では、やはり想像していた通りだと思った。これは客観写生に対する私の考えのちがい方、句評会の空気の息苦しさに対する反撥――その他が積り積った結果だろうと考えられた。だからこれはむしろ当然のことなので、私にはあまり刺戟を感じない言葉であった。虚子はまたしばらく黙っていてから「あなた方の句は、一時どんどん進んで、どう発展するかわからぬように見えましたが、この頃ではもう底が見えたという感じです」と言った。これもまさにその通りかも知れないと、私は心の中で苦笑しながら返事をしなかった。

　馬酔木では、清水谷の皆香園で出版記念会をした。随分多くの人が集ってくれた。そのあとで風生が「葛飾の上梓をよろこぶ」という文章を書き、馬酔木に載せた。これは非常な好意で葛飾を褒めてくれたもので、読んで見ると著者自身がとまどいする位であったが、私は嬉しかった。つづいて青邨からも丁寧な読後感が寄せられた。

　山会は引きつづき催されて、私達はたいてい休まずに文章を書いた。二ヵ月も三ヵ月も不評つづき、落選つづきということもあったが、それでも面白かった。落選しても、それが本当なのだという気があった。雑詠の方はその頃随分変な句が入選するようになり、大正末期から昭和初期にかけての厳選時代がそぞろになつかしかったが、文章の方では選の標準が確かであると思えた。草田男も山会に来るようになり、その文章は清新であった。草田男はときどき私の家に来て、小説の話や、西欧の絵の話をした。

六月の中頃、七月号発表の雑詠成績がわかり、風生が巻頭になった。風生は中途外遊したため進出がおくれたのであるが、この頃にはすさまじい勉強がつづいて独特の風格を持つ句になっていた。巻頭になるのはすでに一年も前のことでよかったのである。青邨は三月前の四月号で初の巻頭を得ていた。

その成績がわかったとき、誰かが風生に一夕御馳走させようではないかと言い出した。風生は迷惑なことであったろうが、とにかく嬉しくもあったので、私達を赤坂の某料亭に招待した。虚子、水竹居も加えて五六人であった。

その席で私の隣に橙黄子が坐っていた。橙黄子こそは、技倆といい閲歴といい、すでに何回か巻頭に位置してよかった人である。それがどういう理由か、今まで一度も推されたことがない。胸のうちには不平がたぎっているだろうに、怜悧なこの人は容易にそれを口に出さなかった。

そのうち次第に酒が廻りはじめると、鬱憤が昂じて来たのか、彼は私の方を向いて、「風生に巻頭の感を書かせ、それを馬酔木に載せようではないか」と言った。私はその巻頭の感が「巌頭の感」であることにすぐ気づいたので、「ああ、藤村操ですか」と言った。
橙黄子はわが意を得たというように、

「悠々たるかな自然、遼々たるかな花鳥、十七字の小詩よくその大を写さんとす。客観写生の訓え、ついに何等のオーソリティーを有するものぞ」とやりだした。風生はそれがきこえていたのにも拘わらず、横を向いたまま知らぬ顔をしていた。この友達の心境に同情して、却て相手をすることが出来なかったのかも知れない。

七月号には二つの座談会の記事が載った。その一つは「苺の卓を囲みて」と題し、「虚子を抜きにした座談会」という傍註が附いている。これは何か不平があったら言って見ないかという虚子の註文があって、私の家で催したのであるが、出席者が風生、青邨と私であるから、平素の雑詠句評会の不平を大いに語り合う結果になってしまった。しかし、これで句評会の空気が全国にわかってよいだろうと私達は考えた。

もう一つの座談会は「タルトの卓を囲みて」と題するもので、「虚子を中心にした座談会」という傍註があった。これは発行所で開かれ、出席者は、虚子、楽堂、たけし、あふひ、橙黄子、花蓑、水竹居、風生、青邨、私の十人であった。タルトというのは其の座に出されてあった松山の名菓である。

話題はホトトギスの昔話が主で、虚子、楽堂がよく語った。私達はなにも知らないことであったから、ただその話をきいているだけであった。

同じ号に虚子の近詠四百十八句が採録されている。これは満洲に遊ぶ直前よりはじまるもので、その「満洲詠草」は除外してあるのだから、量から見れば、まことに労作である。しかし私はこれを読んで、正直をいえば退屈した。ただちに心を打って来るような作があまりに少ないからである。はじめの部分には京都の吟行句が並んでいるが、その中から「桂離宮」の一聯を抜いて見よう。

見えて來る離宮の裏の竹の秋
向ふなる汀の菖蒲水を出し
春雨や離宮の水の濁りたる
桂出て尙餘りある春日かな
離宮出て花の堤を下りけり

どの句にも、日本で最も美しいといわれる庭園を見た感激は出ていない。平凡な庭を退屈しながら見たような句ばかりである。「修学院離宮」も同じようなもので

半蔀を上げてお茶屋や山櫻
今一つ中のお茶屋や山櫻
修學出て桂に廻る日永かな

の三句だけしか詠まれていない。虚子の赴くところ常に幾十人かの作者が従いて廻るから、その場で作句に力を打込めぬことはわかっているが、それにしても感激が大きけれ

ば、あとで十分に推敲し得るわけである。虚子にはその熱が失われたと私は思った。
また、この近詠の中には方々の邸へ招かれて詠んだ句が多く、それもただ無造作に詠みすてられたもののようである。

　　楢原邸

たゞ暗し折れ曲りたる冬座敷
踏石に縁の低さよ冬座敷
建てませし一間新らし冬館
藥罐の手包みて湯氣の立ちにけり

この他にも、無造作に詠んだ句は多い。

白玉に溶け殘りたる砂糖かな
草むらに子供遊びてばつたとぶ
蹶つて居る落葉の音の聞えけり
クリスマスツリーもありて小料理屋
料理屋の障子あくれば梅の花
まひ〳〵の一匹ゐるや春の水
竹きれにつきさゝれ居り落椿

まだまだ幾句でも拾い出すことが出来るが、こういう句でさえも、ホトトギスの作者の多くは讃美してやまなかった。私はこの大作の中から僅かに次の句を発見して敬服しただけである。

灯ともりし茶室人無し春の夕

つくばゐにつゝじの花の塵一つ

紫陽花の水に映りて相近し

水に置けば浪たゝみ來る燈籠かな

舊友や離れ離れに獺祭忌

しぶ柿のいつまで花の如くなる

山人に池の水草生ひそめぬ

もう一度、この大作を眺め返すと、「百花園三句」「百花園九句」「百花園にて」「百花園九句」というように、百花園を題材とした作の多いことが眼につく。向島の百花園は古くから名のある庭で、明治の末年までは風情があったが、この頃ではすでに廃れつくして、見るべきものは全くなかった。ただ秋のはじめだけは萩が多く、棚に這わせた葛が咲くので、いささかの趣きは残っていたのである。そこで私達もたまには其処へ出かけたこともあるが、その頃虚子達はこのように頻々として出かけた。そうして其処では

物の芽の大方は萠え出で終んぬ

倒れたる葉鶏頭稍々起上る

蟲くひの花と葉とある芙蓉かな

虎杖の花にとまりぬ秋の蠅

というような、微細な発見だけを喜び、作者の心を殆ど忘れたかの如き句が詠まれはじめた。素十もこういう句に興味を感じたと見えて、雑詠欄の投稿は休んでいたが、暇ある毎に微細な草の芽の観察をはじめるようになった。みづほも素十の影響をうけ、上京時にはここに来ることを慣いとした。

この草を雀の帷巾《かたびら》といふといふ

などもここの作であるが、私にはこういう句の価値が全くわからず、これが一つの流行をなしてゆくのが、実にくだらぬことに思われた。

私は、夏のはじめから、埼玉県粕壁町の安孫子医院に、月二回手伝いに行くことになった。ここの院長安孫子氏は、むかし私の父の助手であり、私の子供の頃、粕壁町に医院をひらいたのである。熱心な基督教徒で、医院の構内に会堂を建て、町の人の信望も厚かったが、すでに老年なので診療をつづけることが苦労である。幸い長男が東北大学の医科に在学して、卒業近いのであるが、その帰来するまで、私に手伝ってもらえぬかという話があった。私も忙しい中であるが、古い縁故のあることではあり、且つ埼玉あたりの景色も見て置きたいと思ったので、この申し出を承知したわけである。

はじめに行ったとき、電車が越ケ谷の町をすぎると、水の豊かな流れが現れた。堤が青く、舟の通わぬ流れと見えて、水面には一面に萍が生い茂り、水禽がその上をかすめて翔けてゆく。私はこれを眺めて久しぶりに詠んで見たい昂奮をおぼえ、次回には帰途越ケ谷に下車して堤上を歩くつもりでいた。

ところが、二回目の診療が終ったとき、老院長が言い出した。

「先生は俳句をお作りになりますか？」

「ええ、まあ少しはね。」そう答えて、院長はどうして俳句のことを知ったのだろうと、不思議に思った。

「ここの中学の先生方の中に、俳句をつくる人が居るのですが、先生に是非おめにかかりたいといって、先刻から待って居られます。」老院長は、私の手伝いに来ることを町に広告したらしい。そこで中学の先生達が多分秋櫻子にちがいないと想像したのであろう。

中学の先生は三人であった。日焼けして運動家らしいのが英語科の菊地烏江、瘠せて詩人らしいのが同じく英語科の石井白村、背の高く勝気らしいのが国語の加藤楸邨と名乗った。三人は私を案内して町裏へ出た。ここには松戸で利根から岐れた古利根川が流れているのであった。

この川は、冬になると瘠せてしまうが、田植季の前から下流にある堰を閉ざすので水が満ちて来る。幅は六七十米もあろうか、舟の往き来は全くない。これは越ケ谷の傍を流れている川と同じであった。

町裏には、川に沿うてしずかな道があった。釣人が五六人、長い竿を振っているだけである。かなり大きな鮠がよく釣れた。三人は、この景が巴里のセーヌ川に似ているという画家の説を話して得意であった。

それから小島十牛という、すでに中学をやめた老教師の家につれて行かれ、ここにまた四五人集って俳句をつくった。この家には多くの短冊帖にぎっしりつまるほどの短冊が蒐集されてあった。

それからは、診察が終るとすぐに粕壁町の附近を歩き廻るのが慣例で、俳句のために月二回出かけるようなことになってしまった。この辺の風景は、利根が近いために野川が多く、武蔵野とは全くちがった趣を持っていた。どんな細い川にも水草が生い、古びた橋のほとりには大きな四つ手網がかけてあった。

関宿は、かねてから行って見たいと思っていたので、蓮の咲く頃に出かけた。バスで一時間ほど行けばよい。大利根がゆるく曲っているところに、立派な閘門があり、そこを落ちた川が江戸川となって、宝珠花をすぎ、葛飾の国府台の下へ流れて来るのである。

閘門に立って眺めると、利根の岸には青蘆が一面に生い茂り、その中に入江があって、苫をおろした幾艘かの船が繋っていた。恰も漢詩に詠まれそうな風景で、近代式の閘門と不思議な対照であった。

関宿の町はすでにさびれつくし、凡そ百軒ほどの家が堤の下に並んでいるだけである。

しかし、町並をはずれると、幾つかの池が湛えて、紅白の蓮の咲き映っている景は美しかった。昔は利根を下って江戸へ行く船が、この町に船繫りをしたのだから、この池のあたりにも人家は櫛比していたにちがいないと思った。

越ケ谷町のほとりの川には、一人で行って見た。これは元荒川といい、岩槻町のさきで利根から岐れ、中川となって葛飾へ流れて来る川である。やはり下流に堰があるらしく、夏のあいだは堰を閉じているために水量が豊かであった。私は嘗て葛飾を歩き廻り、多くの句を詠んだが、今は葛飾を流れる川の上流の景に心を惹かれるようになったわけである。

中学の先生の中では、楸邨が最も熱心であり、進歩も早かった。すぐに馬酔木の投稿家の中でも眼立って来た。

馬酔木もその年の九月号で百号に達することになった。主宰者の綾華はこの頃殆ど俳句を詠んでいなかったが、それでも経営は頗る熱心で、会員も自然に増加したから、百号は相当に厚い記念号にしようと言った。

私は、第一の条件として表紙絵を美しくすることを提議した。俳句雑誌の表紙絵といえば、意識的にとぼけた俳画が多い。あれは自ら時代に遅れることを好むようなものだ。私は俳画などというものを一切認めないと言った。

表紙絵の中では、ホトトギスが最も立派で、優秀な画家達が筆をとっていた。しかし、そのホトトギスの表紙絵にも随分妙なことがある。それは、同じ絵を一年間使い、裏表紙の方は毎月変るのであるが、裏表紙絵の色彩に従い、表の方の色彩が変ってゆくのである。たとえば桔梗の花が描かれているとする。はじめは原画のとおり紫の花であるが、次の裏表紙絵の主色が赤だとすると、桔梗の花もまた赤くなるのである。だから十二ヵ月のあいだには黄色の桔梗もあり、青色の桔梗もあるわけだ。これはむかし考案したことを、今なおつづけているのだそうであるが、描いた画家にとってみれば、随分変なことであろうと思われた。私は、馬酔木の表紙は三月位でかえ、表紙の美しさで注目されるような雑誌にしようと言った。

綾華は賛成したが、資金がないので、そう急に立派なものは出来ぬという。それも尤もなことなので、美術院の同人橋本静水に縞鯛を描いてもらうことにした。それは墨と金で描かれて、いままでよりは遥かに見栄えのあるものとなった。

内容は、すべて綾華に任せて置いたが、思いもよらず方々から応援の原稿があって、まことに豊富なものが出来あがった。それに綾華の好みでコットン紙を使ったから、手にとったとき重くて気持がよい。馬酔木も西應寺の裏二階の部屋から発足して、発行所はそのままだが、とにかくこれだけ成長したかと思うと嬉しかった。しかし、内容の一部は相変らず東大俳句会の遊び場のようなもので、皆が勝手次第のことを書いていた。

原稿が多いので、方々に余白が出来る。それを埋めるために私は「三十六俳仙」というものを書いた。その中の一つで、近頃将棋に熱中しているときいた素十を揶揄した。

　　　　三十六俳仙　高野素十

俺は生れつき怖いものを知らない。
だが只一つ棒銀だけは怖い。
なぜと云つて、君、
あれを捨て、置くと
飛車にナリ込まれるぢやあないか。
俺はまた生れつき逃げることが嫌ひだ。
だが只一つ王手だけは逃げる。
なぜと云つて、君、
あれは所沢の東吉でさへ
逃げたと云ふぢやあないか。

記念号が出来て四五日たったとき、私のところへ研究室の素十から電話がかかって来た。

「おい、あの三十六俳仙は面白かったな。あれには一本参ったよ。」

「そうか、将棋は大分上達したかね。」

「うん上達した。」

「一番負かしてやろうか。」

「よし、これからすぐに教室へやって来ないか。」

「冗談じゃあない。こっちは開業医だよ。」

「とにかく、三十六俳仙はよかった。あれは事によると俳句よりもうまいか知れない。」

「ばかなことを言うな。」

それで私は電話をきった。素十は研究をはじめたというが、本当はすることがなくて退屈しているのだろうと思った。

ホトトギスでは毎年十月が改巻号になる。表紙絵もこの月から変るので、今度は近藤浩一路が担当するときいていた。改巻といえば気分を一新しなければならぬのだが、その頃のホトトギスにはいい記事が殆どなかった。俳句の方は新進の作者が揃って擡頭し、夜半、茅舎、たかし、草田男など活気溢るる句を見せていたから、雑詠欄の心配はないが、ホトトギスには俳句作者以外の読者もあるので、その方のことも考えねばならなかった。しかし、雑詠句評会は、評者等がすでに飽きていたし、漫談会もあれど無きが如きものである。ただ山会だけが活潑につづけられていたが、それだけでは頁を埋めることが出来ない。そこで虚子は頭をなやましていたのであるが、改巻号の漫談をするために集った席上で、一人が武蔵野の景色のことを言い出した。武蔵野らしい風景は、国木田独歩の書いた頃で終りになり、今は全く残っていないなどと言われるが、まだまだ方々に立派に残っているという話であった。私もその説に賛成で、小金井、国分寺、さらに北の方へ行けばいくらでも昔ながらの景は見られると言った。そういう話が基になり、毎月四五人で武蔵野の此処彼処を歩き、一人が文章を担当し、他の人々は俳句を詠んで、一篇ずつ纏めて発表すれば面白かろうという話になった。虚子も賛成であった。私も都合のつく日には必ず参加するといった。

その第一回が、府中町ということになった。ここには見事な欅並木があり、大国魂神社などもあって、いかにも武蔵野の古町という感じがある。第一回のことなので、虚子が文章を担当することにきめられた。

ところが当日府中へ馳せつけて見ると、あまりに多人数なのでおどろいてしまった。この催しをききつけて、家庭俳句会や七宝会の人が集ったのである。そうして安養寺という寺を借りて、例のような句会になってしまったから、結局はじめの計画とは全くちがったものとなり、ただ疲れただけの話であった。しかし、この日のことは予定どおり虚子が書いて改巻号に載せた。会の名は武蔵野探勝会と名付けられた。

改巻号には、日日新聞の日本新名勝俳句の広告が載っていた。かねて日日新聞社では、日本新名勝百三十五景を選定したが、それを詠んだ句を募集して、「日本新名勝大句集」

をつくることになった。選者は虚子であった。

この募集には、一景毎の代表入選句に賞牌があたえられ、更に全体から優秀句二十句を選んで、百円宛の賞金をあたえることが付記してあった。これは一つの問題で、虚子選とはいえ、私達は応募を躊躇した。賞をかけられた募集に応ずることはそれまでに例がなかったからである。

虚子もそのことを案じたのであろう。この号に「特に本誌の読者は奮て之に応募し、現地の風光を写生し、優秀なる俳句を其等名勝の地にとゞめられんことを望みます」と書き、更に私達の集っていた席上で、自分も意を決して選を引き受けたのであるから、諸君も是非応募してくれるようにと言った。そこで私達も話し合った結果応募することに決めた。

句は旧作でもよいという規定なので、その点はまことに楽であった。旧作を採るという理由は、新作では短期間に佳作の集ることが考えられぬ。むしろ旧作であっても、真に傑れた句を残す方が有意義なので、そう決定したという話であった。応募する句数にも制限が無かった。

そのころ、東大俳句会には妙な事態が生じた。今まで毎月学士会館に集り、まことに盛会であったが、今後月二回開くこととし、一回は丸ビル会議室を会場とすることを、会長の水竹居が提案したのである。私達はその意味がわからぬので、交々水竹居に説明を求め

た。水竹居は遂に苦笑して

「俺も実は理由を言いにくいんだがね、これは先生の希望なんだ。」

「先生の希望っていうけれど、どうして先生がまたそんなことを希望されるのだろう?」

「つまりね、先生なしの会は嫌なのだね、そうかといってここの会では遅くなって鎌倉へは帰れないしさ。」

「要するに言論を監督しようという……」

「それなんだ。そう君達の方で察してくれれば話が早い。君達はいろいろ不穏なことを言うからね、それが自然と先生へきこえるようなことになる――」

「おかしいね。ここで話していることが、どうして丸ビルへきこえるんだ。」

「おいおい、もういい加減にしろよ。とにかく先生の考えでは、丸ビルの会だけでもいいということらしいが、君達だって矢張り息抜きは必要だろう? だからそこは会長が頑張って二回ということにしたのさ。」

そういうわけで、東大俳句会は丸ビルでも開かれるようになり、会員は三十名近くに達した。大橋越央子、片岡奈王、山本京童等、逓信省の人が多かった。

武蔵野探勝会の第二回は多摩の横山へ行った。私はあまり興味がなかったが、記事を担当する約束だったので出かけた。前回にも増して参加者は多く、遠来の前田普羅も加わった。美しい秋晴れの日で、百草園に小憩し、それから山の尾根を伝ってしばらく歩いた。

収穫ちかい田園の景が遥かにひらけ、岨の松の枝では百舌鳥がするどく叫んでいた。やがて一行は日野橋近くの多摩川べりに出て、鮎漁宿にあがって句会をひらいた。くらい月が川瀬を照らしていた。

十一月号には「新名勝俳句漫談」という記事が載っている。俳句募集の宣伝のようなものであるが、そうした宣伝も要らぬほど全国の作者達はこれに熱中していた。十一月十日という締切りを前にして、方々で俳句会がひらかれているらしかった。私はどこへも出かけることが出来ないので、赤城山、利根川、上高地の三句を提出した。上高地だけは新しく作った。きいて見ると一人で百句以上応募した者も多いということで、その盛況におどろくのであった。

なにもかも忙しかった。私は病院と昭和医専との仕事で、ゆっくり作句している時間もなかった。たまたま句会へ出席していても病用の電話のかかることのみを心にかけていた。馬酔木も次第に旺んになり、その方の用も少なくはなかった。それに相変らず月二回は粕壁に行った。そこで得た材料を文章に書き、山会へ提出することも怠らなかった。

そういうあいだに、ホトトギスからは大量の雑詠句稿が廻って来て、その予選を命ぜられるのであった。一枚の句稿に五句併記してある。それを見て佳句と思うものの上に点を打って置く。虚子は雑詠悉くを見るのであるが、非常な量なので疲れてしまう。そういうとき我々が予選してあると、「このような平凡句を採っているのか」、或は「このような佳句を落しているのか」などということが興味を惹いて、疲れを忘れることが出来るのだそうである。

だからこの予選には全く権威はないわけである。権威のない以上、時間をかけて苦労することはつまらぬから、私は出来るだけ早く完了して送り返した。ところが虚子は「誰々は作句に比して選の方はまずい。また誰々は句はさほどではないが、選は確かなものである」と評した。私はそれを聞いてもどうすることも出来なかった。かりに丹念な選をしようと思っても時間がなかったし、権威のない予選よりも、馬酔木の雑詠を選ぶ方がはるかに楽しかった。

馬酔木の作者としては、烏頭子、羽公などがいる上に、悌二郎と春一とが次第に育ってゆき、在京の若い作者としては高屋窓秋、石橋竹秋子（後の辰之助）などがいた。一般に馬酔木の作者は若かったし、学生が多数を占めていた。しかしホトトギスに於てすでに名をあげたものも少なくない。烏頭子と羽公とは巻頭に推されたこともあり、相生垣瓜人、塚原夜潮、佐野まもる、五十崎古郷なども名を知られていた。私はこの人達と新しい俳句をつくりあげてゆきたいと思っていた。だから馬酔木の選句には時間を惜しまず、少しでも新しい萌芽を発見すれば、それを育ててゆくことに努力した。けれど俳壇の大勢は全くホトトギスによって抑えられ、ホトトギスに拠らざるものは殆ど認められない。いかに新しい句風をつくり出しても、花鳥諷詠を題目のように唱えている人々の眼をさますことは出来ないのであった。私達はただ、覚醒の見込みのない人達はそのままに打ち捨てて、自分の道をきりひらくよりほかはなかった。

表面には何も現れぬが、底にはいろいろの渦が巻き起りつつあった。而もその渦は常に私と係わりをもっていたので、私はかなり悩んでいた。それを最もよく知っていたのは水竹居であり、私もまた水竹居には心を披いて相談して見た。

「いいよ、いざと言う時には俺は必ず君の味方になるから。」水竹居はいつもそう言って私の肩をたたいた。

こうして昭和五年は慌しく暮れて行った。

十　別離

昭和六年一月号のホトトギスは、初学者指導の特輯をしたが、その中に「句修業漫談」という一項があり、特輯の中最も多くの頁を占めていた。これは中田みづほ、浜口今夜の対談で、もと「まはぎ」に載ったものの転載であるが、表題の下に㈠とあって、その後もつづいて連載されるものと推察された。

私はこれを見ておどろいた。「まはぎ」は一地方の微々たる小雑誌にすぎない。また中田みづほは東大俳句会の先輩であり、作者としても鍛錬された腕を持っているが、ホトトギスの代表作者というには遠い存在である。その人と今夜との漫談が発表後一年を経てホトトギスに連載されるということは、ホトトギスの権威の上から言ってもよくないことだし、こういう前例もまた無いのである。私は創刊後「まはぎ」をつづけて貰っているので、毎月眼をとおしているが、ただ客観写生ということを忠実に信奉しているほかに、何の変ったところもない雑誌であった。

その漫談の第三回は「秋櫻子と素十」と傍註されて、私と素十との作風を比較してあった。その中で、みづほと今夜はいろいろ巧みな言葉を使っているが、要するに俳句というものは、虚心に自然を写すものであって、私のように心をさきにしてはいけないというのである。このことはみづほばかりでなく、ホトトギスに属する作者の九〇パーセントまでが信じていることであるから、少しもおどろかないのであるが、みづほの賞揚する素十の句が、それだけの価値を持っているかどうか、私にはわからぬのであった。

素十の作風は、元来個性のうすい素直なものであったが、一時俳句に遠ざかってから後の句は、自然のこまかさを写すばかりのものに変って行き、「もちの葉の落ちたる土にうらがへる」、「甘草の芽のとび〳〵の一と並び」、「おほばこの芽や大小の葉三つ」というようなものになって行った。こういうことは、それまであまり人が試みなかった為に、一時はおどろかれるが、やって見ればなんでもないので、少し俳句的の表現を心得ればすぐにも出来る程度のものである。私達はこれを「草の芽俳句」と言っていたが、みづほ、今夜の礼讃するのはこの草の芽俳句なのであった。

私は「秋櫻子と素十」を読んで、あまりの無理解に腹がたったから、反駁文を書こうと思ったが、事は地方雑誌「まはぎ」に起ったものであり、且つみづほは東大俳句会の先輩であることを考えて我慢してしまったけれど、「句修業漫談」がホトトギスに連載され、この一項もまた載ることになれば、私はホトトギスを去るか、或は馬醉木誌上に駁論を書くか、とる道は二つの他にないと思った。しかし後者の方を選んだところで、結局は同じことで、おそかれ早かれ、ホトトギスに居る気持は無くなるわけである。私は漫談会㈠の掲載されているホトトギスを手にとって、憤りとも悲しみともつかぬ気持に覆われてしまった。

結局はホトトギスを去ると決心して、さすがに思われるのは、十年の育成を受けた恩であった。私は初学者にして渋柿を去ったので、ともかくも俳句のことがわかるようになったのはホトトギスに学んだ為である。私はすべてに耐えホトトギスの作者として終始すべきであるかも知れない。だがすべてに耐えるにしては、私は自分の俳句を大切に考えていた。ホトトギスに居ることは即ち自分の俳句を捨ててしまうことに他ならぬ。それが今となっては到底私に出来ないことであった。

育成の恩のほかに、私はホトトギスによき先輩と友達を多く持っていた。水竹居、風生、青邨、誓子、その他東大俳句会に於てさえなお十指を屈し得るほどの友がいた。これ等は人生の行路に於て、極めて稀に会い得るような人達であったが、ひとたびホトトギスを去る以上、その後の事情の進展によっては、相別るべき運命となるかも知れぬ。私は、あれを思いこれを考え、病院の仕事や学校の講義に心をそそぐ余裕を失っていた。

けれども、いかに考え直しても、ホトトギスに留まる気持にはなりかねた。ただその時機が来るまで、私は何も言わずに、出来得るかぎりあらゆる会合に出て置こうと思った。そうして極めて自然にホトトギスを去りたかったのであるが、それは自分ながら至難な註文である。去る時にはいずれ何等かの渦が巻きおこるにちがいない。ただその渦の大きく巻き起らぬことのみが望まれた。

　二月のはじめ、麻田椎花がホトトギスの人達を自邸に招いた。椎花は水竹居と共に尊敬する先輩であったから、私も本郷の森川町にあったその邸へ行った。四五日前に降った雪が、松葉を敷いた庭のそちこちに残っており、実に寒さのきびしい日であった。座敷にはその頃求めたという良寛の屏風が立て廻してあり、床の間の壺には鶴ケ岡八幡の破魔矢が挿してあった。誰かが、椎花時代の中央公論編輯長の瀧田樗蔭が、画を多く集めていた話をすると、椎花は笑って、

「瀧田の集めたのは新画ばかりですよ。私はああいうものは集めません」と言って、それから集蔵の古画をとり出して見せてくれた。私の名を知っている画家のものもあったが、全く名を知らぬ画家のものも少なくはなかった。椎花はそれから私達を茶室に導き、よい茶碗を見せてくれたのちに、自動車で赤坂の長崎料理に案内した。私にはまことによい思い出の一つであった。

　新名勝俳句の選は、応募句数の多かった為に非常な難事であった。毎日新聞社でも句稿の整理をし兼ねる状態なので、ホトトギスから斎藤雨意が派遣されてその整理に当り、私達も随時に行って手伝うことを依嘱された。ある日行って見ると、急に扉を排して素十がはいって来たが、私の其処にいるのを見て、一寸会釈を送ったまま押し黙ってしまった。

いままでには嘗てないことであった。私はふとみづほ達の句修業漫談が三月号に載り、「秋櫻子と素十」がいろいろ噂の種になっているので、そのことが彼をしてこういう態度をとらせたのかと考えたが、そんなことで顔色を変えるような素十ではなかった。私は不思議に思ってその様子を見ていたが、間もなく彼は黙ったまま帰って行ってしまった。

選の発表される前、虚子は私達に対して佳句と思うものをあげるようにと言った。多量の応募句であるため、見落しがあってはいけないという周到な用意であった。

選句が発表されるといろいろのことが起こった。水竹居の句は長瀞の代表として選ばれたが、四五日して長瀞附近の神社の神主が、三宝に土地の名物を載せて祝いに来たという。Aという地で作った句を、その地が名勝に選ばれていないため、選ばれたBという地で作ったことにして投稿したという話も多かった。しかしそれ等は皆落選した。名勝の代表に選ばれた句を作者に揮毫させ、それを集蔵しようと考える者が四五人あった。各作者のところへ短冊が送られて来て、書いた人もあったが私達はたいてい書かなかった。ところが中には実に執拗な人もいて、書くまでは毎日毎日誇大に句を讃美した葉書が来るので、とうとう皆根負けして書いた。実にいやなことをしたものである。

私の投句も上高地、利根川、赤城の代表句に選ばれたが、その中の赤城の句には百円の賞が附随していた。東大俳句会席上の約束で、賞を得たものは晩餐費に提供すべしということだったから、私はそれを幹事にさし出した。ところが風生のいうには、「全部出すということは先例になって、将来困ることが起きるかも知れぬ。半分だけ提供してもらうことにしよう」というので、それを基にして洋食の晩餐会をひらいたりした。

そろそろ梅の咲く頃となった。私は相変らず粕壁に出張していたが、ある日楸邨が来て、庄内古川の梅を見に行こうと誘った。庄内古川というのは古利根川とは別に、粕壁の南の方を流れている小川であるが、そのほとりによい鰻屋があって、私達はそれまでにも二三度行ったことがあるのであった。

川は冬季に減水したままで、川床が大半現れていた。堤に沿って歩いたが梅はなく、そのうちに暗くなったので引き返すと、堤下の畦道に大きな梅の古木が倒れ伏したようになっており、その枝頭に数輪の花のひらいているさまが、夜目にもしかとみとめられた。

私達は其処へ下りて行って、しばらく佇んでいるうちに雨が降りはじめた。かなりはげしい雨脚だし、鰻屋まで引き返すのも相当の行程なので、傍にあった農家の納屋らしいものの廂下にはいって雨を避けていた。

そのとき楸邨が問いかけた。

「この頃ホトトギスの方はどうなっています？」私はその問をホトトギスに於ける私の立場をたずねたものと解し、しばらくためらっていたが、この人に対する私の信頼が口をひらかせた。

「僕は近いうちにホトトギスをやめるかも知れない。」

「そうですか。どうもそういうことになるのではないかと思っていましたが――」

「けれども、去ると決めたって時機があるでしょう？　その時機の来るまでは自重していようと思っている。」

「それはそうです。しかし一度去った以上はしっかりなさらなくてはいけない。」

「大変だろうと思うな、ホトトギスを向うに廻すということは。なにしろ雲霞の如き人数なんだから。」

すこし小降りになったので私達はその軒下をはなれ、また堤上を急いで鰻屋へ行った。そこには鳥江や白村がすでに句を案じつつ私達を待っていた。

武蔵野吟行会も引きつづき行われていた。二月は浮間ケ原であったが、私達はそのとき出席して、あまりにも見知らぬ顔の多いのにおどろいた。主として家庭俳句会の人達だ。東大俳句会の会員はこの会にはあまり出て来ないのである。私は東大俳句会に出席するときのことを考え、なにか全くちがう俳句結社の吟行に参加しているような感じがした。

三月は、二十日すぎに吉野村の梅園に行くことになった。私は前日から咽喉に軽い痛みをおぼえていたが、いよいよホトトギスを去るときが近づいたように思えたので、参加することにきめて家を出た。中央線に乗って中野あたりまで来ると、明らかに熱のあることがわかった。立川で氷川行の電車を待っているうちに、それが次第に高くなってゆくようである。牛乳を買って飲んで見ると、嚥下時にはげしい痛みが感じられた。

よほど引き返そうかと思ったが、頑張って電車に乗り、日向和田で下車した。実にうららかな日で、吊橋から見おろすと、多摩川の瀬が底まで透きとおって見え、崖の中腹では鶯がしきりに鳴き交わしていた。熱はもう三十九度に近いらしく、私は橋の中途でしばしば眩暈をおぼえた。

句会は梅園の茶屋の一室で催されていた。花蓑も青邨もいたが、私はそこへあがらず、縁側に腰かけたまま、これほどまでにして来た自分の愚かさを考えたりした。

「どうしたい、えらく青い顔をしているじゃあないか」と問いかける者を見ると、今日はめずらしく素十も参加していた。

帰途の電車はすいていたので、私は仰向けに寝ころび、顔から外套を被っていた。咽喉の痛みはいよいよ増して来るようである。誰か傍に来て、二三個の蜜柑を胸の上に置いてくれた。多分青邨であろうとは思ったが、私は外套を顔からはずすのも懶く、ようやくその蜜柑をとりあげ、外套をかぶったまま咽喉をうるおしたのであった。

句修業漫談の「秋櫻子と素十」はなかなか余燼が消えず、却て方々の話題として取り上げられることが多くなった。私は遂に我慢しきれず、ある日山会の帰途水竹居の自動車に乗せてもらって帰ったとき、胸中の憤懣を水竹居に打ち明けた。そうして明日にも馬酔木に筆を執ってこの漫談を反駁したいと言った。

「ホトトギスに載っているのですから、当然先生はあの漫談を認めて居られるのでしょう。それを反駁すれば、つまりホトトギスに対して反抗するわけですから、私はホトトギスには居られぬことになります。」

「そう君のように一途にものを考えなくてもいいんだよ。句修業漫談を反駁するなら僕も手伝うさ。僕が手伝えばホトトギスの方だって円滑に行くだろうからね。」

「いや、この問題で赤星さんまで引っ張り出したら大変です。そうすると事が東大俳句会にも及びますから……」

「なに、そんな事にはさせない。させないようにして僕は加勢するがね。しかし本当のことを打ち明けていうと、君があまり馬酔木に深い関係を持つことは嫌だね」

「と、仰言る意味はどういう事なんです。」

「僕は馬酔木のあの坊さんが困るんだ。佐々木綾華といったかね、あれは決して君を助けてやって行ける人じゃあない。」

「綾華がそんなに赤星さんから嫌われているとは思いませんでした。しかし、あれは決してわるい人じゃないんです。私はもう十年も附き合っているから、よく知っていますけれど……」

「いや、どうも僕はその件だけは不賛成だ。」そう言ったまま水竹居は後の言葉を継がなかった。

翌朝早く手術を要する患者があって、その準備をしているところへ水竹居から電話がかかった。私は半分消毒していた手を下ろして電話口に出た。

「きのう話したことだがね。僕も君の応援に文章を書くと言ったけれど、家へ帰って考えて見ると、やはりあれはホトトギスへ反抗する結果になるだろう。僕は先生に句の面倒を見てもらってから、まだわずかな年しかたっていないんでね、ここでそういうことをするのは少々心苦しいんだ。」

「それはよくわかります。ですから赤星さんは知らぬ顔をしていて下さい。私一人だけでやりますから……」

「そのこともね、もう少し待ってくれないか、決してわるいようにはしないからね。会長の面目も立ててくれよ。」

そう言われてまで私は句修業漫談を相手にする気にもなれない。私はまた次の機を待たなければならなかった。

ある日雑詠句評会があって、皆が集ったとき、

「今度貴方がたで、宝生流の謡の会をはじめることにしませんか」と虚子が言い出した。その言い方は相談ではなく、もうそれが決定したような風であった。私はこれは大変だと思った。生まれつき人前で大きな声を張り上げることが出来ないからである。虚子は「師匠は佐野、石君に頼んであります」と言った。

私は、虚子の考えていることがすぐに胸にひびいた。虚子は私と素十とのあいだに亀裂

が入って、それが東大俳句会にもある影響を及ぼしているのに頭を悩まし、緩和の目的で皆に同じ楽しみをあたえようとしたのであろう。その気持はわからぬではないが、それならばどうして句修業漫談の如きものを転載したのであろうか。それを転載すれば私達のあいだに亀裂の入ることは明らかでありながら、敢てそれを行い、亀裂が入ったのちに、謡曲の修業によってそれを繕うというのは変なことであった。私はすでにホトトギスを出る決心をして、その機会の来るまでは、出来得るかぎりいろいろの会に出たいと思っていたが、この謡会だけは嫌であった。そこへ少し遅れて風生がはいって来た。虚子が私達に言ったとおりに、謡会のことをすすめると、風生は「なに、謡?」とおどろいたように言い、あとは「はははははは」と大きな笑いにまぎらしてしまったので、虚子もそのまま二の句がつげなかった。私は風生の要領のよさに敬服し、且つは羨ましく思ったのであった。

素十もまた謡をすすめられたという話をきいた。彼は度胸がいいが蛮声だけの持主だからおそらく謝ったであろうと想像した。私はその他勧められそうな二三人を考えたが、どれもこの道の秀才になりそうなものはいなかった。

五月も末のことであった。ある日銀座の松屋から贈りものを届けて来た。贈り主は虚子である。それは虚子の女婿である星野吉人が二月ほど昭和医専に入院していたので、その挨拶であろうと思った。ところが包みを開いてみると、想像どおりの挨拶にはちがいなかったが、品物は袴地で、今度宝生流の謡の稽古をされることになったから、それに使用されるために贈るという手紙が入れてあった。

　これにはおどろきもしたが、実に閉口した。それればかりか今度は指南役の丶石から手紙が来て、第一回の稽古日をしらせて来た。私は前から丶石をよく知っていたので、義理は二重になり、どうにもことわりかねた。そこでただ一度だけ出席し、あとはなんと言われてもつづけないという決心をした。

　稽古場は日比谷の能楽会であった。ここは池内たけしの家で管理しているもので、舞台は二階にあり、鳴雪喜寿祝賀会の会場に使ったところである。私は平福百穂が松を描いた鏡板に向いつつ、当時を思い起して感慨を禁ずることが出来なかった。私も誓子もまだホトトギスの新進とも言われぬ時代で、ここに居並んだ俳壇の古老達の顔をおどろきの眼を以て眺めていたものである。

　丶石はすでに来ていたが、稽古を受ける側は誰も来ていない。私は次第にばからしくなって、丶石に稽古の中止を頼もうと思っているところへ佐藤漾水が来た。漾水は私より先輩の東大医科出身であるが、句歴は私より浅かった。しかし思うことを包まずにいう性質で、皆から親しみを持たれていた。

　丶石は二人に稽古本を一冊ずつ呉れた。それは「土蜘蛛」であった。いよいよ稽古をはじめるとなると、急に真面目な貌をして、「浮き立つ雲の行衛をま」と謡い出した。私達はそれにつづいて謡わねばならぬのであるが、丶石が一緒に謡ってくれるあいだはどうにかなったが、途中で丶石が声をとめてしまうと、急に心細い二人の声だけが残り、漾水と顔を見合せて笑い出したりした。

それでとにかく胡蝶の名乗りだけ了えてその日の稽古を終ることにした。その終りの頃に誰かうしろに来て坐った気配がしたが、ふり返って見るとたけしであった。たけしは虚子の言いつけで、今日の稽古を見に来たのだと言った。

私はすぐに能楽会を出て家に帰った。予想どおりの苦しさで、懲り懲りしてしまった。私はそれまでに能楽を見たことは十回ほどあり、決してつまらぬとは思わなかったが、鍛錬されたきびしい芸を見ることと、素質もないのに練習するのとは、全く事がちがっていた。私は書斎にはいってからも憂鬱であった。

そこへ電話がかかって来た。ホトトギス発行所のたけしからであった。

「先刻は失礼、あれから貴方が稽古本を忘れて帰ったのに気がついてね、よくよく懲りたのだろうと大笑したわけさ。いまも発行所へ来てそれを報告した次第です……」

私もきいていて笑い出してしまった。稽古本を忘れて来たのは自分ながら大出来である。これならもうあまりせめられないで済むだろうと思った。それから後、丶石から二三回稽古日を知らされたり、青邨もとうとう稽古したというような話をきいたが、私はもう決して出かけなかった。

私は山会にも興味を失った。ホトトギスに残った最後の楽しさであったが、私はもう文章のことを考える気もなく、このままホトトギスに居れば窒息してしまうだろうと思うようになった。東大俳句会にさえ欠席した。そこでおのずから来る機会を待たず、自分で何か仕事をして、それを機会にホトトギスを出よう、そうすればあとで友達がそれと察してくれるだろうと考えた。

仕事といっても別に新しい事はなかったから、私は武蔵野探勝会を粕壁で行うことを提議し、その幹事を引き受けたいと申し出た。それは喜んで承認され、日取りも七月十九日ときまった。

私は、粕壁へ行って楸邨その他の人に、適当のコースを選ぶことを頼んだ。真夏のことで、古利根から庄内古川まで歩きとおすのは無理だから、まず古利根のほとりを少し歩き、そこへ自動車を待たせて置いて、庄内古川の鰻屋まで運んでもらうことにした。俳句会の会場は無論鰻屋に交渉してくれといった。

「それは万事引き受けましたが、私達もそれへ参加してよいでしょうか？」と、中で年とった一人が言い出した。

「折角だがそれは困るんですよ。武蔵野探勝会というのは会員がきまっていましてね。どこへ出かけるときも、土地の人の参加は断っているんですから……」

「それは残念ですなあ」とその人はまだあきらめかねているらしかった。

「一寸のぞいて見るのはどうです。」今度は若い人が言った。

「よし給え、のぞいて見たところで面白いものではない。」

私は、楸邨その他を馬酔木の中堅になってもらうつもりで頭に描いていた。そういう人達がホトトギスの俳句会をのぞきに来るのはいい感じのことではない。

「そんな事は一切やめるとしよう。」楸邨は私の気持を察して決然と言った。私はなおいろいろ手落ちのないように頼んで東京に帰った。最後の幹事役に手落ちがあったのでは、後々までも悔まれるからである。

当日は好い天気であったが、それだけに暑さもはげしかった。しかし、会員は殆ど全部参加して、電車の内から話が賑った。

粕壁に着いて、虚子や女流の人達は自動車でさきに鰻屋へ向った。あとの人達は列を作って町をぬけ、古利根のほとりに出た。古利根には水が充ちて、まばゆく日光を照り返していた。上流からは藻刈をした刈屑がしきりに流れ下って来た。皆は黙って川の面を見つめていた。感心しているのか落胆しているのかわからぬ表情であった。

「うん、たしかに或る風景だね」と風生が言った。それにつれて感心したような二三人の声がおこった。「或る風景」というのは、私が山会に出した文章の題で、これは越ケ谷附近の元荒川を描いたものであるが、風生はそれをここに応用したのである。私はこれで安心した。

四五町歩いた後、樹蔭で休んでいるところへ頼んで置いた自動車が来た。私達はそれに乗って鰻屋へ行った。ここでも先着の人々は丁寧にもてなされているらしかった。万事が都合よく進んでいた。

鰻屋の三つほどある座敷が襖を払って会場になっていた。井戸から汲まれた冷たい水に喉をうるおし、上衣をぬぎすてて私達は席を占めた。例によって「嘱目何句、何時締切」と書いた紙が欄間に貼ってあった。

床の間に古びた将棋盤が置いてあり、駒を入れた箱がその上に載っていた。素十がそれを下ろすと、私の眼の前に据えて、

「どうだ先生、一番指そうじゃあないか」と言った。

「よし、指そう」と私も坐り直した。あたりの人達は一寸おどろいた様子である。いったい句会の席上で将棋を指したり、碁を打ったりするのは、最も遠慮すべきことであり、また嫌われることであった。私自身もこういうことをする人をひどく嫌っていた。ところが今日は素十に盤を据えられると、急に敵愾心のようなものが湧きあがって来たのである。

私達は手早く駒をならべ、早指しで指しはじめた。二人共正式に習った将棋ではない。新聞の棋譜や入門書だけでおぼえた将棋である。しかし、とにかく王を一方に囲ってから戦端をひらきはじめた。すぐ前の庭木では蟬が喧しく鳴いていた。

皆はあきれたと見えて、手帖を出して句を書きつけたり、気の早い人は持参の弁当をひ

らいたりしていた。私と素十は無駄口もきかず駒を動かした。随分古びて形も不揃いな駒である。それをたたきつけるようにして敵陣を突破する機会をうかがっていた。

ふと人影がさして、誰か盤側に坐ったようである。助言でもしに来たのかと思うとそうではない。ただじっと盤面を見ているだけである。私はその人を見向きもせずにいたが、素十はちらと眼を向けると驚きの声をあげた。

「あっ、先生。」

私もその方を見た。虚子であった。虚子はしずかに笑っただけで、指しつぐことをうながすような表情をした。

「どうも困ったな、先生に観ていられては。」素十は大きな声でいうと、手にしていた角を打って来た。

私は、虚子がどうしてこういう態度をとったか、すぐにわかるような気がした。虚子は私と素十が表面だけでも親しげにしていることを喜んだのである。一誌の主宰者として、句会場で弟子が将棋を指しているのはにがにがしいことにちがいない。普通の場合ならば中止を命ずるのであろうが、虚子はなんとなしに一息ついたという気持なのであろうと私は思った。

虚子は、私と素十との関係を憂慮しているのである。謡をすすめたのも二人を融和させるための手段であった。しかしそれがうまくゆかなかったので、たとえ将棋でも、対坐している様子を見れば安心出来たにちがいない。その心情を私はすぐに察することが出来た。そうして師に心配をかけることを反省する気持も湧くのであるが、それならばなぜ「まはぎ」の座談記事などを転載して私を苦しい立場に置くのであろうかと、私の心はまた元へ戻るのであった。

素十は、指手を考えているらしかったが、やはり私と同じような感慨を催したのかもしれぬ。

「先生に見て居られちゃあ指しづらいな、おい、今日はやめようよ」と立ちあがった。私も苦しさから開放された気持で、句をつくるために外へ出て行った。

相変らずの油照りで、庄内古川の水にも藻刈の屑が流れていた。人々は其処此処に立ち止って句を案じているらしかった。私は、なるべく人のいない方がよいと思って対岸に渡り、小さな堰の上に腰を下した。そこには枝川が一筋ながれ込んでおり、蘆荻が殊に茂っていた。釣人が一人竿をおろしているが、いつまで見ていても泛子の動くけしきはない。

どこかで郭公の声がした。二たび、三たび、艶を帯びたよい声である。堤の下にひらけた桑畑の方を見ると、虎斑の胸羽をかがやかした一羽が、いまこなたへ翔けわたって来るところである。私はその姿の見えなくなるまで見送っていた。

「秋櫻子さんそんな所にいたのですか。」声のする方を見ると、百姓家の庭の中から本田あふひが出て来た。

「いまそこに何かわからぬ花が咲いていましてね、七宝会の人達が評定しています。」そう言って私の横に立って

「あなたこの頃元気がないようですね。どうかしたのですか」と話しかける。いつも男のように濶達な言いぶりであった。

「いやそんなことはありません。」

「でもこの頃は発行所へもあまり来ないし、句会だって休みがちじゃあありませんか。」

「それは病院の仕事が忙しいもんだから、以前のようなわけには行かないのです。」

「どうだか、信用出来ませんね。」

「いや、それだけのことです。」

「素十さんとのこと、私にだってわかりますよ。ですけれど、あなたが今若い人達を引っ張って行く役目なんでしょう。なんでもかまわないから元の通りに元気よくやるこってすね。」

そう言って、あふひはまた百姓家の庭にはいって行った。この人からこのように言われるのは全く思いがけない事であった。私は少し前に島村元の句集を評釈した「元句集講義」という文章をホトトギスに連載したことがあるので、元の叔母であるこの人は、それを心にとめているのかも知れなかった。

締切り時間が来ても句が出来そうもない私は、橋を渡って鰻屋の方へ帰りかけたが、一

句も詠めないというのも残念だと思い、そこにあった小さな樹蔭に入って、川辺で泳いでいる子供の群を眺めていた。するとそこへ虚子が近づいて来たので私はおどろいた。自然に心の中である身構えをした。虚子は笑いながら
「どうもひどい暑さですね、句は出来ましたか」ときいた。

「いいえ、まだ一句も出来ません。」

すると少し間を置いて
「この次の山会の文章はどうです。何を書こうと思っていますか。」

私は「しっかりしなければいけない」と自分にいい聞かせて
「書くあてはありません。山会も休もうと思っています」と答えた。

「それはどうしてです?」

「すべてに興味を持てなくなりましたから。」

私は虚子の顔を正視しながら答えた。虚子の顔には或る影が走ったようであるが、それはすぐに消えて、元の冷静な表情に返った。それは当然なことが起ったと考えているような表情とも受けとれた。

「山会は、とにかくあなた方が主唱して出来あがったのですから、主唱者がやめたのでは困りますね。」

「それは申しわけないのですが、毎日朝から晩まで用がつづきますから、書くべき材料も

ないわけです」

「それなら批評にだけ出席すればいいではありませんか。」

「出席するなら、やはり自分の文章を持って行かないと楽しみがありません。」

「そうかも知れませんが、まあ出席だけはなさい。」そう言って虚子はその樹蔭から離れて行った。私はほっと息をついた。いつもこういう場合は妥協しやすい性質なのに、今日はよく頑張ったものである。これで私も窒息しないで済みそうだと思った。

句会は例のようなものであったが、夕食の鰻飯はうまく、皆が満足したので私も喜んだ。これで無事に幹事役もすみ、ホトトギスに対する一つの終止符を打ったわけである。

私はいままで馬酔木の人達に自分の考えを打ち明けなかった。うすうすそれを気づいているのは楸邨だけであろう。しかし事態がここまで来れば、主だった人達にだけは打ち明けて置く必要があった。どうせ皆喜んで私に同意はするが、前以て心の用意をさせて置くのも大切だと考えていた。

昭和医専の学生達が俳句会を催したいと言い出したので、私は春一と悌二郎とを誘って出席した。悌二郎は少し前に春蟬と号を改めていた。

帰りに洗足駅まで歩きながら、私はホトトギスを脱退する決意を打ち明けた。二人共少しは衝撃を感じるかも知れぬと思っていたがそうではなかった。

「それはよかった、そうなくてはいけません。」春一は喜んで言った。春蟬はむしろ落着

いた調子で
「いや、今では遅い位です。当然そうあるべきところを、何を躊躇していらっしゃるのかと、歯痒いほどに思っていました。」その言葉には却て強い決心がうかがわれた。私は、自分からは綾華に話すが、他の人達には君等からつたえてくれと言ってわかれた。綾華はすでに俳句に熱を失っていたが、私の説明を聞いてすぐ賛成した。

「私が熱を失ったのは、ホトトギス系の雑誌であるのが嫌だったからです。馬酔木が独立するなら喜んでやりますとも。」

それから後は、私の家に毎晩のように若い人達が集った。春一、春蟬、窓秋、竹秋子、一庭人などである。少ない日でも二三人、多いときは七八人になった。私が往診に出かけて遅く帰って来ると、いつも客間に電燈が点っている。時には門をとざした後に、塀を乗り越えて来て、玄関のベルを押す者などもあった。

集ったときの話題は、これからの馬酔木に拠る人達ということにきまっていた。

「いま馬酔木の会員はどの位ある?」と一人がきく。

「まあ五百を少し越えるだろうか。」これは綾華の答である。

「すると独立後は六百位になるかね。」

「それはどういう計算だ。」私は言葉をはさんだ。

「だって、独立すれば、ホトトギスに不平を持つ者は集るでしょう。」

「そのかわり、ホトトギスと馬酔木と両方の会員であった人は抜けてしまうだろう。」

「そんな事はない。やはり馬酔木の会員でいますよ。」

「君達はそんな風に思っているのかね。いままでの歴史――歴史というと大袈裟だが、とにかくいままでの例を見給え、ホトトギスに反抗した雑誌はどれもひどい目にあっているじゃないか。はじめからホトトギスとの縁が薄ければ別だけれど、こっちは一番近いところに居たのだから。」

「そうすると、どの位のことになりましょうか。」

「こういうときには、一番ひどい場合を考えて置いた方がいい。二百残れば僕は上等だと思うな。わるくすると百になる。しかしね、そこから出直すんだ。皆がこれ以上努力出来ないという勉強をするんだよ。そうすれば必ず会員だってふえて来る。そうして獲得した会員でなければ、なんにもならぬと思う。」

　誰もが百や二百に減るという説を肯定するような顔色ではなかったが、それだけの覚悟をしてかかることは承知らしかった。私は特に綾華に念を押した。

「一番苦しいのは主幹たる君の立場だ。僕等はいままで会計面であまり馬酔木を助けていないから、どんなことになっているか知らないけれど、これからは一層苦しくなるにちがいないだろう。君はそれに堪えてゆけるだろうね。」

「大丈夫です。その点は必ず何とかしますから。」

「いま、どれ位の負債があるのだろうか？」

「それは印刷所の払いだけですがね、七百円ほどあります。」

「誌代の前金は貯蓄してないんだね。」

「やはり印刷代に追われますから、すっかりその方へ廻しました。」

「そうすると、印刷代の他に前金も負債ということになるわけだ。」

「そうです。」

私は若い人達に言った。

「こんな状態だけれど、その方は綾華君が引き受けるし、僕も出来るだけのことはする。君達はただ勉強だけしてくれればいいんだ。なるべく早く負債をなくして気持よくやることにしよう。」

また或る夜のことであった。

和歌山県から古い誌友がたずねて来た。もう五十をすぎた人であった。その人は座に就くとすぐに言った。

「先生はどうして馬酔木で独立なさらないのです。」

「どうしてといって……」私は言葉を濁した。

「ホトトギスの合評会などを見ていますと、先生の立場がいかにも苦しそうですね。ああいうことをつづけて居られても、どうにもならぬと私は思います。」

「いや、有難うございます。そういう苦しさもたしかにあります。」しかし私はその人にまだ何も打ち明ける気はしなかった。そこへまた若い人達が五六人来たので、その人はしばらく雑談をして帰った。

あとはまたいつもの通りの話になった。

「いよいよホトトギスから離れるときに、誰と誰とをこっちの人と考えましょう。」

「いや、それよりもこっちから馬酔木に加わってくれという手紙を出す方が本当だろう」と言うものもあった。

「そのことはね」と私は言った。「それはよほど慎重に考えて下さいよ。たとえば軽部烏頭子は昔からの僕の友達だから、ホトトギスで巻頭をとっていても馬酔木の人になってくれる。それから百合山羽公のような人、元はたけし門下だけれど、今は全く馬酔木人だからね、こういう人に誘いの手紙を出さなかったら、きっと淋しく思うだろう。その淋しく思うということが条件でね、勧誘はそういう人だけに止めよう。やたらに勧誘することは立派でないし、人に迷惑をかけることにもなる。」

「そうすると、その条件にかなう人は何人位でしょうか?」

「さあ、七人か八人だろうな。」

「たったそれだけのことですか?」

「じゃあ、かぞえて見たまえ、まず楸邨はホトトギス関係の人じゃないから、別としてだね、羽公、瓜人、松山の古郷、徳島のまもる、呉の夜潮、それに烏頭子と楸邨、まずこの位だろう。」

「京都の三山はどうです。」

「あれはね、なかなかむずかしいんだ。三山は殆ど僕の育てた人だがね。周囲の友達がなんといってもホトトギスだろう。向うに未練は十分あると見なければならない。そうかといって勧誘しなければまた淋しいというわけでね。いささか面倒な関係だ。」

「それより誓子さんはどうなんです。」

「何も言ってやらぬことにしよう。黙っている方がよい。」

「東大俳句会は？」

「そういうことを考えてはいけないな。僕は切崩しをするのは一切不賛成だよ。何ごとも新しくはじめるのだ。君達だってその方が気持がいいだろうと思うが……」

結局、馬酔木が独立するから加入してたすけてもらいたいという手紙を出したのは、五六人だけであった。まもなく羽公、瓜人、夜潮、まもる、古郷などから皆承諾の返事が来た。

古郷の手紙には自分の弟子に石田波郷がいる。まだ若いが必ず馬酔木の新人になるだろうと書いてあった。烏頭子と楸邨とには私から話して、これも即座に賛成であった。三山の返事には想像どおり躊躇の様子が見えたので、そのままに打切ることにした。

純粋な馬酔木系の会として、卯月会というのが前から成立していた。東大の島薗順次郎、柿内三郎両教授をはじめ、医科出身者ばかりの会であった。安騎東野、柳浮蓮などがいた。島薗教授は殊に熱心で、その医局の人が次第に加わったから、ここからも新しい力の湧く希望があった。

私は、ホトトギスから独立する以上、雑誌の上でその態度を明らかにすべきだと思った。しかしまた考えて見ると、かの和歌山県の人のいう如く、ホトトギスを見ておれば私の苦しい立場がわかるというならば、何も言わぬ方が、周囲に迷惑をかけぬわけである。それで一時はそうした態度をとろうとも考えたが、これは見ようによると、主張に負けてこそこそ逃げ出したと見られるかも知れない。殊に何ごとにも信者のような気持になっているホトトギスの地方人の多くはそう思うにきまっているのである。私はやはり態度を明らかにする文章を書かねばならぬと決め、早速原稿紙に向いはじめた。

主張の要点は、主観がうすれて、植物の形態の如きものを穿鑿している客観写生句を排撃し、かがやかしい主観を句の本態としなければならぬということであった。心が澄むに従って、眼に映る自然の美しさも深くなって来る。主観を軽んじ、心を捨てて客観写生をしたところで、眼に映るものは自然の表面の美にすぎないのである。それを例証するために素十の句をあげ、みづほ・今夜の句修業漫談を引いて論をすすめた。文中虚子の名を書かず、虚子の説話の引用は避けたが、目ざすのは虚子の主張を駁することであった。私はこういう論文を書き馴れなかったので、かなりはげしい筆使いになってしまったが、言いたいことだけは言い得たと思った。題名は「自然の真と文芸上の真」とつけた。ただ自然の真だけを追究したところで詩人たる資格はない、心を養い、主観を通して見たものこそ文芸上の真で、これを尊ぶ者が詩人であるというところに核心を置いたからである。この文章を馬酔木十月号の巻頭に載せ、はっきりホトトギスから離れる一線を劃することにした。

私にはまだこのほかに三つの仕事が残っていた。それは雑誌の上のことでなく、東大俳句会に別れを告げることと、虚子及び水竹居に挨拶をすることであった。私は東大俳句会の最も古い会員であり、風生、青邨、清三郎、手古奈等親しい友達も多く、また越央子、奈王、京童のように尊敬すべき人達も少なくないので、これと別れることが最も苦痛なのであるが、ホトトギスを離れる以上、態度は明瞭であることを必要とした。東大俳句会はホトトギス所属の会だからである。

はじめは学士会館の句会に出席して、事情を話すつもりでいたが、それはやめた。そういうことをすれば余計な心配をかけると思った。そこでただ何気なく出席することにして行って見ると、その夜は殊に出席が多く、素十の顔も見えた。皆は、「どうして休んでいたのだ」とか、「発行所の句会には来なくてもここだけは来てくれよ」などと言った。相変らず賑やかで愉快な会であった。

帰りに玄関のところで素十と二人になった。

「どうしたい、粕壁以来どこへも顔を見せないというじゃないか。いそがしいのか。」

「忙しくもあるし、面白くもないからさ。」

「発行所でも皆がそう言っている。秋櫻子は少し神経衰弱だから、思うとおりを言えばいいにってね。」

「神経衰弱か。今度は思うままを言うことにしたから心配しないで呉れ。」

「そうか、それはよかった」と言って別れた。

これで一つの仕事はすんだ。次は虚子に挨拶をすることであるが、私はまったく気がすすまなかった。虚子としては私の気持を大体察しているにちがいないが、会っていきなり別辞をのべることも出来ず、まず理由を説明しなければならぬ。いかに正しいと信じている俳句観でも、師匠の前で反対説を述べるのは嫌であった。私はいっそ挨拶に行くのをやめようかと考えたが、十年育成されたことを考えると、そういうことも出来なかった。とうとう意を決して私は発行所へ行った。

扉をあけると、新しく入社した女の事務員がいるだけである。

「先生は?」

「きょうは家庭俳句会の吟行で、井の頭へ行かれました。」

「午前中からですか?」

「いえ、一時間ほど前にここを御出かけになったばかりです。」

それなら、これからすぐに行けば会えると思った。家庭俳句会の人達が居ては困ることだが、場所が井の頭公園だから写生中にうまい機会を捉えることが出来そうに思われた。私は丸ビルを出るとすぐ東京駅から省線に乗った。

先刻から雨催いの空で、私も洋傘を用意していたほどであったが、吉祥寺へ着く頃凄じい雨が降って来た。私は駅から一歩も出ることが出来ず、多勢の人と共に待合室で雨宿りをした。

ようやく小降りになったので、井の頭公園へ行って見ると、一行の姿は見えなかった。多分どこかの茶屋で句会をひらいているのであろうと思い、さがしているうちに、一軒の茶屋の前に見憶えのある水竹居の自動車が止っていた。私は声をかけて障子をあけた。

「おう、どうも聞いたことのある声だと思ったが、よくやって来たね」と、虚子の隣にいた水竹居がすぐ応じてくれた。その隣には思いもよらぬ素十も居た。私はきょうここへ来た目的が到底達せられぬと考えたから、

「きょうはめずらしく暇があって、発行所へ行ったら、ここだと教えられて追いかけて来ました」と言った。そうして一座にまじって句を作っているうちに、もう改めて虚子にあって挨拶をすることはやめたくなってしまった。

家庭俳句会ではたいてい二回運座をする。第一回の選句が終ったとき、虚子が

ことであった。私は、そのわけを考えてみた。私が虚子から披講を命じられたのははじめての
ことであった。私は、そのわけを考えてみた。私はその月のホトトギス雑詠に投句してい
ない。十年間つづけて来たのを休んだのである。虚子はすでに選句をすませて、投稿のな
いことを気付き、私がホトトギスを去るつもりであるのをさとったのかも知れない。そう
して別れの一役という含みで披講をさせたのであろう。
私は披講を済ませ、第二回の運座のはじまる前に帰り仕度をした。まだ雨は降ってい
た。外へ出ると
「待ちたまえ、僕も帰るから、一しょに車で行こう」と言いながら水竹居が出て来た。私
も喜んでその自動車に乗せてもらった。
甲州街道を新宿の方へ走らせながら、水竹居が言い出した。
「今日の句会の句をどう思う?」
「家庭俳句会はまだ初めたばかりの人が多いから、まあ、あんなものでしょう。」
「それならこの頃のホトトギス雑詠の傾向はどうだろう。」
「やはり、一草一木だけの俳句が多くなりましたね。むかしの泊雲なんかも主観のうすい
句を詠んでいましたが、これ程じゃあありません。この頃はもう徹底した一草一木俳句で
す。」
「きのうもね、発行所へ行ったら先生が素十の句を褒めていた——山吹の花の大きく一重

かな――というのだ。君には矢張りつまらないだろうね。」

「つまりません。そういう俳句をつぶさなければいけないと私は考えています。」

雨にぬれた欅並木が車窓を通って行った。水竹居はそれを眺めながら
「しかしね、もう少し辛抱しろよ。いまは一草一木俳句の時代だが、すぐに君達の時代が廻って来る。何ごとでも一方へ秤が傾けば、また反対の方へ傾いて来るからね、そのあいだの辛抱さえしていればよいのだ。」

私は答えなかった。もういかに慰撫されても仕方のないことである。このよき先輩は、今までにも事ある毎に私を励まして呉れた。私もまた常にそれを感謝していた。私があまり水竹居の言に従うというので、馬酔木の中でもそれを不平に思う者がある位である。しかし、いまはもう馬酔木の独立ははじまっているのだ。私はただそれを水竹居に報告し、永いあいだの厚誼を謝することより他には何も残っていない。

「赤星さん」私はあらためて呼びかけた。

「二三日うちの夜分に、御都合のよいときがあったら御宅へ参上したいのですが……」

水竹居はじっと私の方を見た。その眼はもうなにか感じたように見えた。

「そう、君が来るならいつでも都合しますがね。明後日の晩はどうだ。一寸人と夕飯を食う約束があるが、それが済めば八時前には帰っています。」

「では八時すぎに伺います。少し申し上げたいことがありますから。」

それからは、俳句以外の話ばかりをした。やがて自動車は市内に入り、飯田橋まで来たので、私は礼を言って下りた。

一日置いた次の夜、八時半ちかくに私は小石川の大曲にある水竹居の家をたずねた。雲の中にうすい月影のある夜だった。すぐ洋風の応接間に通され、待つほどもなくすでに帰宅していた水竹居は和服姿で出て来た。私は井の頭の帰りに送ってもらった礼をのべたのち、言い出した。

「赤星さんには長いあいだ実に有難い御世話になりましたが、今度どうしてもホトトギスをやめたいと思うので、御挨拶にあがりました。本当は虚子先生にも御挨拶をする気で、一昨日発行所へ行ったのですが、あんなわけになってしまって、なんだかもう行く気がしません。おそれ入りますが赤星さんからよろしく仰言っていただきたいのです。」

水竹居は私の顔を正視しながら聞いていたが

「多分そうだろうと思って心配していた。先生もそれはもう知って居られるらしくてね。実は今日の昼発行所へ行ったんだが、そこへ素十も来ていた。そのとき先生の言われるには、秋櫻子もいよいよ今度の雑詠は休んでしまった。この機会に君は是非復活したまえって、そう言って居られた。」

「そうですか、それは先生としては当然なことでしょう。私も素十が復活しなくては向うに廻す相手がなくて困るわけです。」

水竹居は、いつも「困った男だ」という時にする微笑をして
「それはそんなものだがね、雑詠を一回休んだからといって、すぐ縁が切れるわけのものでもあるまい。先生の方へは僕がなんとでも言う。どうかもう一度思い返してホトトギスに止まってくれないか。東大俳句会だって君があんなに盛んにしたのだし、僕のような老骨もお蔭で楽しくあそんで居られるのだから……」

「東大俳句会のことは私も一番心が残ります。あれは赤星さんのお蔭も随分ありますが、実に気持のよい会でした。ああいういい友達に会えるのは一生の中でも又とは無いことでしょう。」

「だからそれを離れることはないじゃないか。」

私は、もうそれに対して返事をする気力がなかった。何度くり返しても同じである。熱い茶が換えられた。水竹居は茶碗を手にとったが、すぐ卓に置き
「君は、もう決心を翻しそうもないね。」

私はただうなずいた。

「僕がこれほどに言っても駄目なのか。思い直してくれれば、あとのことは僕が必ず引き受けるというのに――」

「申しわけないことですが、仕方がありません。」

水竹居はしばらく眼をとじていた。やがて今度はもの柔かく

「ホトトギスを離れるに就て、何か主張のようなものを書きましたか?」

「どうしようかと迷いましたが、結局書きました。発表した方がいいでしょうか。」

「どんな内容ですか?」

「一木一草俳句に対する駁論です。自然の真と文芸上の真という題を附けました。」

「それは発表することに賛成するよ。ところで君は今までどおり馬酔木の同人としてつづけて行くのか、それとも馬酔木を自分のものにする気だろうか?」

「それはやはり一同人として指導の任に当るだけです。雑誌は綾華が作ったものですから、依然として綾華が主宰しましょう。」

「そこだよ僕の気にかかるのは」と、水竹居はやや声を低めて、「僕はそれが嫌なんだ。」

「先日もそんなことをうかがいましたが……」

「僕は綾華という人をよく知らないがね。あれは君と一しょに長くやって行ける人とは思わない。」

「それは綾華は俳句を怠けていますし、坊さんらしくない所もあります。しかし大丈夫です。途中で仕事を抛り出したりすることは決してしないでしょう。」

「いや、僕の見るところでは危い。君があれと一しょにやって行くのは身を亡ぼすようなものだ。」

「身を亡ぼすなんて、そんな事は考えられません。」

「いや、どうも僕には君が野たれ死をするような気がする。」

水竹居はなんと言っても説を曲げない。私も思い切ってつよく言った。

「たとえ赤星さんの仰言るように野たれ死をしたところで、今のままホトトギスにいるよりはましだと思います。」

水竹居の顔は急に緊きしまって
「そうか、そこまで言うなら君のする通りに任せよう」と言ったまま黙ってしまった。

私もしばらく物を言わなかった。時計を見るとすでに九時半に近い。私は立ちあがった。

「どうも失礼いたしました。くれぐれも御大切になさるよう祈ります。」

水竹居はまた元のような表情になって
「こっちこそ君の為を思うのでね、ついいろいろ言ってしまったが、考えて見れば、君をいつまでも引き留めて置こうという方が無理かも知れない。一つの老舗のことにして考えて見ても、長いあいだ働いた者には暖簾を分ける。それがまた自分で勉強して、本家より大きくなってゆくところに世の中の進歩があるのだからね……」

私は、玄関へ出て靴をはいた。扉を押すとこまかく敷いた砂利が白く見える。いつのまにか月がさしているらしい。水竹居は下駄をつっかけて門のところまで送って来た。門扉はすでにとざしてある。小さい耳門をあけてくれて言った。

「これで俳句の方はお別れだがね。お互いにながいこと親しく附き合って来た仲だ。俳句以外にだって話があろうから、またいつでも訪ねて来たまえ。」

私は頭を下げて外へ出た。うしろで水竹居が耳門を閉める音がした。空を仰ぐと、雲がうすれて良い月夜になっている。江戸川の流れは一度大曲で淀み、それからまた月光を砕きつつ橋の下に消えてゆく。遠くから来る電車の燈が見えたが、それに乗る気にもなれなかった。家までは十町ほどの距離である。私は大きく深い呼吸をして、半ば戸をおろした町並を見ながら、川沿いにゆっくり歩きはじめた。

高濱虚子　畢

〈客観〉と〈主観〉をめぐって

解説
秋尾　敏

本書は、俳句を学び始めた秋櫻子が虚子の門に入り、やがてそこを離脱するまでの経緯を、秋櫻子自身の視点から詳細に記述した自伝である。近代俳句史を語る上で欠くことのできない資料であるばかりでなく、俳句という文芸に魅せられた当時の若者の姿を、小説以上に生き生きと伝える希有の書ともなっている。

正岡子規の俳句革新に始まった近代俳句は、河東《かわひがし》碧梧桐《へきごとう》の新傾向俳句となって日本中に拡散した。しかし、その急進的な革新性を危惧した高濱虚子は、明治末期から〈有季定型〉という潮流を作り出し、大正末期には〈客観写生〉という収束点を示すに至った。その時、虚子の示した俳句のあり方は限定的に過ぎるのではないかという違和感を持ち、虚子とは違う俳句を語り始めたのが水原秋櫻子であった。

〈有季定型〉とは、季語を含み、五七五音という定型に則した俳句という意味である。それは、季語を意識せず五七五音にもとらわれない〈無季自由律〉俳句に対抗するために生み出された概念であった。秋櫻子は、この〈有季定型〉を当然のこととして受け止めていたが、次に虚子が提示した〈客観写生〉に対しては、受け入れがたい気持ちを持つようになる。それは、秋櫻子が〈主情〉と〈調べ〉を重視する俳人であったからだ。

そもそも秋櫻子は短歌を志す学生であった。大正九年には宇都野研《うつのけん》主宰の短歌誌「朝の光」に加わり、窪田空穂《うつぼ》の指導も受けている。空穂は人生を詠嘆する歌風を作り上げた歌人で、叙情的な調べを重視した。そうした空穂に惹かれ秋櫻子もまた短歌的叙情を愛し、韻律を重視する人であった。

当初、虚子は、そうした秋櫻子の句風をひとつの才能として容認していた。だが、「ホトトギス」が〈客観写生〉を標榜する以上、〈主情〉の秋櫻子は傍系とならざるを得ず、それに納得しない秋櫻子は「ホトトギス」を離れていく。その過程を、秋櫻子が選をし、後の「馬酔木《あしび》」となる俳誌「破魔弓《はまゆみ》」によって少し詳しく見ておきたい。

「破魔弓」の創刊は大正十一年。内藤鳴雪《めいせつ》門下の佐々木綾華《りょうか》が、鳴雪の命名によって創刊した俳誌が「破魔弓」である。実は「破魔弓（ハマユミ）」という名の俳誌は、既に明治三十六年、子規門下の矢田挿雲《やだそううん》によって福島市で創刊されたことがある。その選者でもあった同門の先輩鳴雪が、その名を残そうとして、綾華に預けた名であったかもしれない。

その綾華による「破魔弓」の創刊が、秋櫻子らによる東大俳句会（帝大俳句会）の再建と重なるところに大きな意味がある。本書にもあるように、この年、秋櫻子は、中田みづほと図り、富安風生《とみやすふうせい》、山口誓子《せいし》、山口青邨《せいそん》らを誘って、活動を停止していた東大俳句会を復活させ、虚子に指導を依頼するのである。虚子は快諾し、「ホトトギス」発行所の使用も許可する。

「ホトトギス」にとって東大俳句会は、次世代を担う才能の宝庫であった。東大俳句会抜きに、この時代の「ホトトギス」を語ることはできない。彼らは作品ばかりでなく、編集などの事業面でも「ホトトギス」を助けた。

そうした状況下で秋櫻子が「破魔弓」に加わったことにより、東大俳句会のメンバーは「破魔弓」にも集まってきた。彼らにとって「ホトトギス」は学びの場であったが、「破魔弓」は主体的に活動できる場であった。このふたつの場を持てたことが、彼らの成長を加速させたと考えられる。

「破魔弓」の主幹である綾華という人は、真宗大谷派の僧侶である。穏やかだが、あきらめることのなかった人という。雑誌を維持することには全力を尽くすが、そこに自分の我を通そうとはしなかった。僧侶らしい人格と言うべきであろう。そのため「破魔弓」は、同人である東大俳句会の面々が自由に活動する場となった。

ちなみに大正十五年三月発行の創立五周年記念号を見ると、巻頭の「近詠」に鈴木花《はな》蓑《みの》、秋櫻子、楠目《くすめ》橙黄子《とうこうし》の三句ずつが並ぶが、主幹である綾華の句はない。次に秋櫻子選の「雑詠」が十五ページまであって、その選評や日野草城《そうじょう》らの文章が続き、富安風生選があって、次にようやく綾華選が登場する。通常の俳句結社誌であれば、まず主宰や主幹の句があることが通例であって、これは異例の編集と言えるだろう。

花蓑は東大俳句会の指導者の一人で、秋櫻子、風生は会の運営の中心人物であったから、「破魔弓」は東大俳句会の機関誌にも見え、事実そのように位置づける人もいる。機関誌と見れば、この編集には納得がいく。あるいは虚子もそのように見ていたかもしれない。

当初、同人たちは自分たちの雑誌を、それほどの俳誌と思っていなかった節がある。だからこそ若い同人たちは伸び伸びと自分の作品を詠み、意見を述べることができた。主体性を見せない発行者が、参加者の主体性をとめどなく育てたと言えるであろう。

その結果「破魔弓」は、「馬酔木」となる以前からかなり活発な俳誌となった。昭和二年三月には「破魔弓叢書第壹編」として『破魔弓俳句集』を刊行している。続いて九月に「第弐編」として『近代句私鈔』を刊行。これは「破魔弓」の句を秋櫻子が評したもので、句の「調べ」について多く説かれている。

その本の「序」に、秋櫻子は虚子の句について「先生の主観が「調べ」によつて美事に句の上に移されてゐる」と称え、また、「精細なる写生は甚だ難いことである。（中略）俳句の面白さ、尊さは全く「調べ」に存すると言ふも過言ではないと思ふ」と記している。〈主観〉と〈調べ〉を称えられ、〈写生〉は難しいと言われた虚子は、それをどう受け止めたであろうか。

翌昭和三年三月号には、秋櫻子と思われる小言幸兵衛という人物が「雑誌改題の議」を書き、「「破魔弓」なんて、古くさくてぢ、むさくて」という理由で新しい誌名を公募し、四月号の編集後記には綾華が「本月号は、ほとんど秋櫻子氏の独舞台です」と書くに至り、五月号に「謹告！」として「本誌を七月号以後左の通り改題す　馬酔木」ということになる。

「馬酔木」となった七月号には、秋櫻子、増田手古奈《てこな》、草城、佐藤眉峰《びほう》、青邨、風生、大岡龍男《たつお》、綾華が同人として名を連ね、雑詠欄には橋本多佳子《たかこ》、高屋窓秋《たかやそうしゅう》、杉田久女《ひさじょ》らの句が並んでいる。

虚子は、この年の「ホトトギス」十一月号に「秋櫻子と素十《すじゅう》」という文章を掲載。秋櫻子の句は調べと構成による写生、素十の句は厳密な意味における写生と言い分けた。これは二人の資質を認めた上での発言となってはいるが、この文章が、秋櫻子が「ホトトギス」離脱に向かうきっかけを作ったと言われてきた。しかし、事態は秋櫻子側からも引き起こされていた。

昭和四年五月号の「馬酔木」に載る三宅清三郎の「再び妹俳句について」という文章中には「妹俳句即ち男性的といふ虚子先生の御意見にいさゝか異論を申し述べてみたかつたのである」という言説があり、また大岡龍男は「ホトトギスの漫談会はあれは漫談になつていない矢張り俳談会だ。（中略）もつと原石テイ氏や吉野左衛門氏がズバ〳〵当つて行つたやうに虚子先生にぶつかつて行つて遠慮なく教へて貰ふとい、のだが」などとあって、「ホトトギス」が虚子の権威を受け止めるだけの雰囲気になっていくことへの懸念が明らかにされている。こうした発言が、少しずつ「ホトトギス」と「馬酔木」の距離を引き離していったと考えられる。

昭和五年にはページ数も増え、巻末に示された売捌所《うりさばきじょ》も四店舗となり、七年末にはそれが二十五カ所にまで増えている。秋櫻子が「ホトトギス」を離れ得る経営的基盤は確立していたのである。

昭和六年、前年に中田みづほ主宰の俳誌「まはぎ」に載った、みづほと浜口今夜との「句修業漫談」という対談が「ホトトギス」にも連載され、そこに素十の写生句が称揚されていたため、秋櫻子は「ホトトギス」を離れる決心を固めたと言われる。しかし、それは秋櫻子の決断であるとともに、転載した虚子の決断であったとも言えるだろう。

秋櫻子は、「ホトトギス」の写生が瑣末描写に傾いていくことを批判し、「ホトトギス」を離脱。本書には、その際の内面の揺らぎが書かれているが、自立のための外的条件は整っていた。

「馬酔木」はその後、秋櫻子の意図を超えて新興俳句の推進力を生み出し、その力が、戦後の現代俳句をも作り出していくことになる。したがって「馬酔木」の創刊は、子規の俳句革新や碧梧桐の新傾向俳句運動と並ぶ大きな出来事である。「ホトトギス」の主流派と思われていた秋櫻子がそこを去ったということが周囲に衝撃を与え、新時代の潮流を作り出したと言えるだろう。その過程を当事者自らがつぶさに語ったのであるから、本書の資料価値は大きい。

また、本書に活写された若き俳人たちの姿も存分に読み味わいたい。人を引きつけて放さない俳句の魅力というものも見えてくる。本書を読まずして、例えば高野素十という俳人の人物像を結ぶことは難しい。東大俳句会における微妙な学年差の意識や学業への取り組み方の違いなどは本書からしか知ることはできない。「ホトトギス」からの離脱の過程を記した書ではあるが、その「ホトトギス」の若き俳人たちの姿をもっとも鮮明に伝えているのも本書なのである。

ただし、秋櫻子が主観の俳人であったことは忘れないでおこう。ここに記されているのは、それがどのように明晰な文章であるにせよ、秋櫻子から見た主観の世界に違いないのである。高野素十の姿にしても、秋櫻子から見たらそのような人だったということにすぎない。また、事実の全てが記されているわけでもなく、「破魔弓」が「馬酔木」となった後の綾華の思いも伝わってはこない。

このことを強調するのは、本書がこれからも、近代俳句史の第一級資料として使われていくと思われるからである。そうであればこそ、秋櫻子がここに記した経緯や人物像を、ただちに事実として断定することは避けるべきである。充分な周辺研究によって、本書の内容が立体的に検討されるようになった後に、はじめて近代俳句研究は先に進むことになるだろう。

さて、本書の深層を支えるのは、やはり〈客観〉と〈主観〉という二つの概念であろう。虚子の〈客観〉に対抗する秋櫻子の〈主観〉という対立が、本書を分かり易くしている。そして、今も俳句を評するときに、この二つが対立的に語られるのである。

けれど、本書を丁寧に読めば分かることだが、虚子が〈主観〉を不要なものと考えていたとか、秋櫻子が〈客観〉的な写生の技法を排したということはない。虚子は写生の背後に垣間見る〈主観〉を求め、秋櫻子は、その〈主観〉の価値を明確に認めるべきだと主張しただけである。たしかに二人の主張に違いはあるが、〈客観〉と〈主観〉の一方だけで俳句が成立するわけではないのである。

俳句を語るのに、〈客観〉、〈主観〉という概念を用い始めたのは正岡子規である。子規の俳論がそれまでのものと違うのは、俳句を近代の概念で語ったという点である。「客観」や「主観」は、西洋からもたらされた近代の概念であった。

子規は、日本の伝統的な文芸であった俳諧を、近代文学として成立させようとしたのだが、俳句が近代文学となるためには、そこに近代的自我と呼びうる表現主体が存在しなければならず、そのためには、事実を普遍的に捉えようとする〈客観〉と、自己の特異性を自覚する〈主観〉とが不可欠なのであった。近代的自我は、科学的・論理的な普遍思考と、封建制に隷属しない主体性とを同時に必要としたのである。

明治二十八年、子規は新聞「日本」に「俳諧大要」を連載し、そこに、「意匠に主観的なるあり、客観的なるあり。主観的とは心中の状況を詠じ、客観的とは心象に写《うつ》り来りし客観的の事物をそのままに詠ずるなり」「以上各種の区別皆優劣あるなし」と記している。虚子と秋櫻子は、この子規の残したパラダイムの上で、それぞれの俳句論を展開していく。

そのとき虚子は、誰もが参加できる俳句形式を第一に考え、その結果〈客観写生〉という方法を提唱する。その方法を用いれば、初心者も大過なく作句にいそしめるからである。虚子にとっては、俳句の普及こそがもっとも重要なことであった。そこには、自らの結社の拡大ということ以上に、子規の遺産を一人でも多くの人に伝え残そうとする使命感があったと思われる。むろん〈客観写生〉は、作品の質を低下させないための、底支えの方法でもあった。

一方、秋櫻子は、個性を開花させることを第一に考えた。作品主義と言ってもよいだろう。その結果、それぞれの作家の個性ある主観を重視することになる。

今考えれば、この二つの力はともに重要なことである。俳句人口が増えなければ才能も集まらず、切磋琢磨も生じない。とは言え、人を増やしただけでは作品の向上は望めない。とすれば、昭和初期に、虚子と秋櫻子という二人のオピニオン・リーダーが、二つの方向性を主張したのは、俳句にとって幸運なことであったと言うべきかもしれない。


本書は既に三回刊行されている。

最初の刊行は昭和二十七年（一九五二）十二月で、文藝春秋新社より『高濱虚子　並に周圍の作者達』というタイトルで歴史的仮名遣いで出版され、翌年の三月に三版が出された。現在、この本は国立国会図書館によってデジタル資料化されている。

二度目の刊行は、講談社版『水原秋櫻子全集　第十九巻（自伝回想）』に収められたもので、昭和五十三年（一九七八）に現代仮名遣いに改められて刊行され、巻末に福永耕二が「解題」を付している。

三度目の刊行は、平成二年（一九九〇）に永田書房『定本　高濱虚子　並びに周囲の作者達』として現代仮名遣いで刊行されたが、仮名遣い等にいささかの混乱がある。巻末には平井照敏が、二十二ページにわたって解説を記している。

今回の講談社文芸文庫版は、地の文に関しては現代仮名遣いに改めたもので、従来の誤植も正され、信用に足るものとなっている。

近代俳句を知ろうとする人が読むべきは、まず第一に正岡子規の『俳諧大要』であり、次にこの秋櫻子の『高濱虚子』であろうかと思う。多くの人は解説書を求めようとするが、それはかえって回り道なのであって、ものごとを知るためには、まずその中心にいた人の言葉に直に触れるのが一番近道なのである。

水原秋櫻子　略年譜 （年齢はすべて満年齢）

一八七四年（明治七）
高濱虚子、二月二十二日（臍の緒書きでは二月二十日）、愛媛県松山市に生まれる。本名、清。

一八八五年（明治十八）
虚子（十一歳）、松山第一中学校入学。

一八八六年（明治十九）
虚子（十二歳）、松山高等小学校入学。

一八九二年（明治二十五）　零歳
水原秋櫻子、十月九日、東京市神田区猿楽町に生まれる。本名、豊。実家は祖父の代から産婦人科医。
虚子（十八歳）、九月、京都の第三高等中学校入学。

一八九四年（明治二十七）　二歳
虚子（二十歳）、九月、学制改革で第三高等中学校が廃止されたため、仙台の第二高等中学校へ。十月、河東碧梧桐とともに第二高等中学校を中退し、上京。

一八九七年（明治三十）　五歳
一月、正岡子規の後援を受けて柳原極堂が松山で「ホトトギス」を創刊。虚子（二十三歳）、六月、大畠いとと結婚。

一八九八年（明治三十一）　六歳
　虚子（二十四歳）、一月、万朝報へ入社するが、母の看病のための長期欠勤で、六月、除籍。九月、「ホトトギス」の発行所を松山から東京神田錦町の虚子宅へ移す。
一九〇二年（明治三十五）　十歳
九月十九日、正岡子規逝去。享年三十四。虚子（二十八歳）、俳句の創作を中断し、小説に専念する。
一九〇四年（明治三十七）　十二歳
四月、獨逸学協会学校中学（獨協学園の前身）へ入学する。
一九〇五年（明治三十八）　十三歳
　虚子（三十一歳）、一月、「ホトトギス」に漱石の「吾輩は猫である」を掲載（～翌年八月）。
一九〇八年（明治四十一）　十六歳
　虚子（三十四歳）、一月、短篇集『鶏頭』を漱石の長い序文を付して刊行。二月、『稿本虚子句集』を刊行。
一九〇九年（明治四十二）　十七歳
　虚子（三十五歳）、一月、「国民新聞」に連載した自伝的長篇小説『俳諧師』を刊行。
一九一〇年（明治四十三）　十八歳
　虚子（三十六歳）、十二月、鎌倉由比ケ浜へ居を移す。
一九一一年（明治四十四）　十九歳
九月、第一高等学校第三部（医学）入学、野球部へ入部。その傍ら文学に関心を持ち、與謝野晶子、斎藤茂吉、若山牧水らの短歌にも親しむ。
一九一三年（大正二）二十一歳
虚子（三十九歳）、俳壇へ復帰。
一九一四年（大正三）二十二歳
九月、東京帝国大学医学部医学科入学。在学期間中、図書館で高濱虚子『進むべき俳句の道』を読み、俳句に目覚め、「ホトトギス」を購読する。
一九一五年（大正四）二十三歳
虚子（四十一歳）、五月、晩年の正岡子規を描いた『柿二つ』（「東京朝日新聞」連載）を刊行。
一九一九年（大正八）二十七歳
一月、東京帝国大学法医学教室に新設された血清化学教室へ入る。同期に高野素十。四月、吉田しづと結婚。五月、東大医学部出身者のみの俳句会「木の芽会」に入会。「渋柿」の句会にも参加し、松根東洋城の指導を受ける。「ホトトギス」の虚子選雑詠に初入選。
一九二〇年（大正九）二十八歳
このころ、医科の先輩が多くいる宇都野研の短歌誌「朝の光」から誘われ、窪田空穂に就いて短歌を学ぶ。
一九二一年（大正十）二十九歳
四月、「ホトトギス」雑詠に四句が入選、六月、ホトトギス例会で初めて虚子と会う。
一九二二年（大正十一）三十歳
四月、中田みづほ、富安風生、山口青邨、山口誓子らと東大俳句会を再興。ホトトギス発行所で第一回句会を開く。同月、佐々木綾華主宰の「破魔弓」が創刊され、第二号より同人となる。

一九二三年（大正十二）　三十一歳

九月一日、関東大震災が発生し、自宅および病院の倒壊は免れたものの、延焼により全失する。このころ、短歌と俳句の両立をやめ、俳句に絞る。

一九二四年（大正十三）　三十二歳

一月、「ホトトギス」の課題句選者、「破魔弓」の雑詠選者となる。また、血清化学教室を終え、産婦人科教室へ入る。十二月、「ホトトギス」で初めて雑詠欄巻頭に選ばれる。

　虚子（五十歳）、九月三十日から十一月五日まで、満洲、朝鮮を訪問。

一九二六年（大正十五・昭和元）　三十四歳

十二月、初めての出版物、『南風』（句文集）を刊行。

一九二八年（昭和三）　三十六歳

四月、昭和医学専門学校（現・昭和大学）産婦人科初代教授となる。七月、「破魔弓」を「馬醉木」と改題する。十月、神田三崎町に自宅及び病院が完成し、病院長となる。また、水原産婆学校長にも就任する。

一九二九年（昭和四）　三十七歳

十二月、「ホトトギス」同人に推挙される。

一九三〇年（昭和五）　三十八歳

四月、第一句集『葛飾』を刊行。『葛飾』の初版五百部は、発売後数日で完売。

一九三一年（昭和六）　三十九歳

七月、新宿紀伊國屋にて、第一回馬酔木俳句会を開く。十月、「馬酔木」に「自然の真と文芸上の真」を発表し、「ホトトギス」を脱退。十一月、神田日活館倶楽部室にて第一回馬酔木俳談会を開く。

一九三二年（昭和七）　四十歳

四月、宮内省侍医寮御用掛となり、皇太后御係を務める。

一九三三年（昭和八）　四十一歳

十月、昭和医専医局と馬酔木の野球大会を開催。馬酔木の勝利。十二月、第二句集『新樹』を刊行。

一九三四年（昭和九）　四十二歳

「馬酔木」の主宰となる。

一九三五年（昭和十）　四十三歳

九月、第三句集『秋苑』を刊行。十月、馬酔木俳句会第百回記念大会を水原産婆学校講堂で開催する。

一九三六年（昭和十一）　四十四歳

一月、「新潮」の俳句選担当となる。

虚子（六十二歳）、二月から六月まで、上海、香港、シンガポール等を経由して、渡欧（仏、ベルギー、独、蘭、英等）。

一九三七年（昭和十二）　四十五歳

十二月、第四句集『岩礁』を刊行。

虚子（六十三歳）、「ホトトギス」五百号を記念して自選した句集『五百句』を刊行。芸術院会員に推挙される。

一九三八年（昭和十三）　四十六歳

二月、『俳句文学全集　水原秋櫻子篇』（第一書房）を刊行。

一九三九年（昭和十四）　四十七歳

一月、「馬酔木」二百号記念特集号を発行。十二月、第五句集『蘆刈』を刊行。

一九四〇年（昭和十五）　四十八歳

十二月、日本俳句作家協会が設立され、理事に就任する。

虚子（六十六歳）、日本俳句作家協会の会長に。

一九四二年（昭和十七）　五十歳

一月、日本俳句作家協会常任理事を委嘱される。二月、第六句集『古鏡』を刊行。六月、日本文学報国会が結成され、俳句部会の代表理事を委嘱される。これにより、日本俳句作家協会は消滅。

虚子（六十八歳）、日本文学報国会俳句部会長に就任。

一九四三年（昭和十八）　五十一歳

十一月、第七句集『磐梯』を刊行。

一九四四年（昭和十九）　五十二歳

四月、俳句雑誌統廃合のため、「馬酔木」が「鶴」「暖流」「初鴨」を吸収する。

虚子（七十歳）、終戦後の四七年まで信州小諸に疎開する。

一九四五年（昭和二十）　五十三歳

四月、空襲で自宅と病院を焼失し、八王子に疎開。十二月、戦争で休刊していた「馬酔木」を復刊。
一九四八年（昭和二十三）　五十六歳
四月、第八句集『重陽』を刊行。六月、第九句集『梅下抄』を刊行。
一九五〇年（昭和二十五）　五十八歳
十二月、第十句集『霜林』を刊行。
一九五一年（昭和二十六）　五十九歳
四月、「馬酔木」が創刊三十周年を迎え、百八十ページの特大記念号を発行し、五月五日には丸の内常盤家で記念大会を開催。
一九五二年（昭和二十七）　六十歳
十二月、『高濱虚子　並に周囲の作者達』、第十一句集『残鐘』を刊行。
一九五四年（昭和二十九）　六十二歳
十一月、杉並区西荻窪に新居が完成し、八王子から転居。十二月、第十二句集『帰心』を刊行。
　虚子（八十歳）、十一月、文化勲章受章。
一九五五年（昭和三十）　六十三歳
七月、『水原秋櫻子選集』（全五巻、近藤書店）第一巻を刊行（翌年四月に第五巻が刊行され、完結）。
一九五七年（昭和三十二）　六十五歳
四月、第十三句集『玄魚』を刊行。六月、「馬酔木」が四百号を迎え、記念号を発行。「馬酔木」に葛飾賞が設けられ、第一回受賞者に石田波郷。

一九五九年（昭和三十四）　六十七歳

四月、第十四句集『蓬壺』を刊行。

　虚子、四月八日、脳溢血のため鎌倉の自宅にて逝去。享年八十五。

一九六一年（昭和三十六）　六十九歳

十月、丸の内会館にて「馬酔木」四十周年記念全国大会を開催、記念号を発行する。同月、第十五句集『旅愁』を刊行。十二月、俳人協会が創設され、顧問に就任する。

一九六二年（昭和三十七）　七十歳

五月、俳人協会会長に就任する。

一九六三年（昭和三十八）　七十一歳

十一月、石田波郷と藤田湘子の共著『水原秋櫻子』（桜楓社、現・おうふう）が刊行される。

一九六四年（昭和三十九）　七十二歳

五月、日本芸術院賞を受賞。十月、第十六句集『晩華』を刊行。

一九六五年（昭和四十）　七十三歳

十月、「馬酔木」五百号記念大会が椿山荘にて開催される。

一九六六年（昭和四十一）　七十四歳

一月、日本芸術院会員に推挙される。

一九六七年（昭和四十二）　七十五歳

四月、勲三等瑞宝章を受章する。

一九六九年（昭和四十四）　七十七歳

二月、第十七句集『殉教』を刊行。

一九七一年（昭和四十六）　七十九歳

十月、第十八句集『緑雲』を刊行。

一九七七年（昭和五十二）　八十五歳

十月、第十九句集『餘生』を刊行。同月、『水原秋櫻子全集』（全二十一巻、講談社）刊行開始。

一九七八年（昭和五十三）　八十六歳

二月、俳人協会会長を退任し、名誉会長に就任。

一九七九年（昭和五十四）　八十七歳

五月、『水原秋櫻子全集』第二十一巻が刊行され、全集完結。

一九八一年（昭和五十六）

七月十七日、急性心不全のため杉並区西荻南の自宅にて逝去。享年八十八。

※主要参考文献『水原秋櫻子全集』第二十一巻（講談社、一九七九年）、『定本　高濱虚子全集』別巻（毎日新聞社、一九七五年）、『日本近代文学大事典』第二巻、第三巻（講談社、一九七七年）、『増補改訂　新潮日本文学辞典』（新潮社、一九八八年）

（編集部編）

本書は、『高濱虚子　並に周圍の作者達』（一九五二年一二月、文藝春秋新社刊）、『定本　高濱虚子　並びに周囲の作者達』（一九九〇年二月、永田書房刊）を底本とし、本文は新字・新仮名遣いに、俳句作品・引用文は原文通りにいたしました。また、適宜、『水原秋櫻子全集　第十九巻』（一九七八年一月、講談社刊）を参照しました。なお、底本中明らかな誤りは訂正し、多少ふりがなを調整しました。底本にある表現で、今日から見れば不適切なものがありますが、作品が書かれた時代背景と作品的価値を考慮し、そのままとしました。よろしくご理解のほどお願いいたします。

高濱虚子《たかはまきょし》 並《なら》びに周囲《しゅうい》の作者達《さくしゃたち》

水原秋櫻子《みずはらしゅうおうし》

二〇一九年二月七日第一刷発行

発行者――渡瀬昌彦
発行所――株式会社 講談社
東京都文京区音羽2・12・21 〒112-8001
電話 編集（03）5395・3513
販売（03）5395・5817
業務（03）5395・3615

デザイン――菊地信義
印刷――豊国印刷株式会社
製本――株式会社国宝社
本文データ制作――講談社デジタル製作

定価はカバーに表示してあります。

講談社
文芸文庫

ISBN978-4-06-514324-7

伊藤痴遊 ―隠れたる事実 明治裏面史　木村 洋――解
井上ひさし-京伝店の烟草入れ 井上ひさし江戸小説集　野口武彦―解／渡辺昭夫―年
井上光晴 ―西海原子力発電所|輸送　成田龍一―解／川西政明―年
井上靖 ――補陀落渡海記 井上靖短篇名作集　曾根博義―解／曾根博義―年
井上靖 ――異域の人|幽鬼 井上靖歴史小説集　曾根博義―解／曾根博義―年
井上靖 ――本覚坊遺文　高橋英夫―解／曾根博義―年
井上靖 ――崑崙の玉|漂流 井上靖歴史小説傑作選　島内景二―解／曾根博義―年
井伏鱒二 ―還暦の鯉　庄野潤三―人／松本武夫―年
井伏鱒二 ―厄除け詩集　河盛好蔵―人／松本武夫―年
井伏鱒二 ―夜ふけと梅の花|山椒魚　秋山 駿――解／松本武夫―年
井伏鱒二 ―神屋宗湛の残した日記　加藤典洋―解／寺横武夫―年
井伏鱒二 ―鞆ノ津茶会記　加藤典洋―解／寺横武夫―年
井伏鱒二 ―釣師・釣場　夢枕 獏――解／寺横武夫―年
色川武大 ―生家へ　平岡篤頼―解／著者――年
色川武大 ―狂人日記　佐伯一麦―解／著者――年
色川武大 ―小さな部屋|明日泣く　内藤 誠――解／著者――年
岩阪恵子 ―画家小出楢重の肖像　堀江敏幸―解／著者――年
岩阪恵子 ―木山さん、捷平さん　蜂飼 耳――解／著者――年
内田百閒 ―[ワイド版]百閒随筆 I 池内紀編　池内 紀――解
宇野浩二 ―思い川|枯木のある風景|蔵の中　水上 勉――解／柳沢孝子―案
梅崎春生 ―桜島|日の果て|幻化　川村 湊――解／古林 尚――案
梅崎春生 ―ボロ家の春秋　菅野昭正―解／編集部――年
梅崎春生 ―狂い凧　戸塚麻子―解／編集部――年
梅崎春生 ―悪酒の時代 猫のことなど ―梅崎春生随筆集―　外岡秀俊―解／編集部――年
江國 滋選 ―手紙読本 日本ペンクラブ編　斎藤美奈子-解
江藤 淳 ――一族再会　西尾幹二―解／平岡敏夫―案
江藤 淳 ――成熟と喪失 ―“母”の崩壊―　上野千鶴子-解／平岡敏夫―案
江藤 淳 ――小林秀雄　井口時男―解／武藤康史―年
江藤 淳 ――考えるよろこび　田中和生―解／武藤康史―年
江藤 淳 ――旅の話・犬の夢　富岡幸一郎-解／武藤康史―年
江藤 淳 ――海舟余波 わが読史余滴　武藤康史―解／武藤康史―年
遠藤周作 ―青い小さな葡萄　上総英郎―解／古屋健三―案
遠藤周作 ―白い人|黄色い人　若林 真――解／広石廉二―年
遠藤周作 ―遠藤周作短篇名作選　加藤宗哉―解／加藤宗哉―年

▶解=解説 案=作家案内 人=人と作品 年=年譜を示す。 2019年2月現在

講談社文芸文庫

遠藤周作―『深い河』創作日記	加藤宗哉―解／加藤宗哉―年
遠藤周作―［ワイド版］哀歌	上総英郎―解／高山鉄男―案
大江健三郎-万延元年のフットボール	加藤典洋―解／古林 尚―案
大江健三郎-叫び声	新井敏記―解／井口時男―案
大江健三郎-みずから我が涙をぬぐいたまう日	渡辺広士―解／高田知波―案
大江健三郎-懐かしい年への手紙	小森陽一―解／黒古一夫―案
大江健三郎-静かな生活	伊丹十三―解／栗坪良樹―案
大江健三郎-僕が本当に若かった頃	井口時男―解／中島国彦―案
大江健三郎-新しい人よ眼ざめよ	リービ英雄-解／編集部―年
大岡昇平―中原中也	粟津則雄―解／佐々木幹郎-案
大岡昇平―幼年	高橋英夫―解／渡辺正彦―案
大岡昇平―花影	小谷野 敦―解／吉田凞生―年
大岡昇平―常識的文学論	樋口 覚―解／吉田凞生―年
大岡 信―私の万葉集一	東 直子―解
大岡 信―私の万葉集二	丸谷才一―解
大岡 信―私の万葉集三	嵐山光三郎-解
大岡 信―私の万葉集四	正岡子規―附
大岡 信―私の万葉集五	高橋順子―解
大岡 信―現代詩試論｜詩人の設計図	三浦雅士―解
大澤真幸―〈自由〉の条件	
大西巨人―地獄変相奏鳴曲 第一楽章・第二楽章・第三楽章	
大西巨人―地獄変相奏鳴曲 第四楽章	阿部和重―解／齋藤秀昭―年
大庭みな子-寂兮寥兮	水田宗子―解／著者―年
岡田睦―明日なき身	富岡幸一郎-解／編集部―年
岡本かの子-食魔 岡本かの子食文学傑作選 大久保喬樹編	大久保喬樹-解／小松邦宏―年
岡本太郎―原色の呪文 現代の芸術精神	安藤礼二―解／岡本太郎記念館-年
小川国夫―アポロンの島	森川達也―解／山本恵一郎-年
奥泉 光―石の来歴｜浪漫的な行軍の記録	前田 塁―解／著者―年
奥泉 光―その言葉を｜暴力の舟｜三つ目の鯰	佐々木 敦―解／著者―年
奥泉 光 群像編集部 編-戦後文学を読む	
尾崎一雄―美しい墓地からの眺め	宮内 豊―解／紅野敏郎―年
大佛次郎―旅の誘い 大佛次郎随筆集	福島行一―解／福島行一―年
織田作之助-夫婦善哉	種村季弘―解／矢島道弘―年

講談社文芸文庫

講談社文芸文庫

柄谷行人 中上健次	柄谷行人中上健次全対話	高澤秀次──解
柄谷行人	反文学論	池田雄一──解／関井光男──年
柄谷行人 蓮實重彥	柄谷行人蓮實重彥全対話	
柄谷行人	柄谷行人インタヴューズ1977-2001	
柄谷行人	柄谷行人インタヴューズ2002-2013	丸川哲史──解／関井光男──年
柄谷行人	[ワイド版]意味という病	絓 秀実──解／曾根博義──案
柄谷行人	内省と遡行	
河井寛次郎	火の誓い	河井須也子─人／鷺 珠江──年
河井寛次郎	蝶が飛ぶ 葉っぱが飛ぶ	河井須也子─解／鷺 珠江──年
川喜田半泥子	随筆 泥仏堂日録	森 孝──解／森 孝──年
川崎長太郎	抹香町｜路傍	秋山 駿──解／保昌正夫──年
川崎長太郎	鳳仙花	川村二郎──解／保昌正夫──年
川崎長太郎	老残｜死に近く 川崎長太郎老境小説集	いしいしんじ─解／齋藤秀昭──年
川崎長太郎	泡｜裸木 川崎長太郎花街小説集	齋藤秀昭──解／齋藤秀昭──年
川崎長太郎	ひかげの宿｜山桜 川崎長太郎「抹香町」小説集	齋藤秀昭──解／齋藤秀昭──年
川端康成	一草一花	勝又 浩──人／川端香男里─年
川端康成	水晶幻想｜禽獣	高橋英夫──解／羽鳥徹哉──案
川端康成	反橋｜しぐれ｜たまゆら	竹西寛子──解／原 善──案
川端康成	たんぽぽ	秋山 駿──解／近藤裕子──案
川端康成	浅草紅団｜浅草祭	増田みず子─解／栗坪良樹──案
川端康成	文芸時評	羽鳥徹哉──解／川端香男里─年
川端康成	非常｜寒風｜雪国抄 川端康成傑作短篇再発見	富岡幸一郎─解／川端香男里─年
川村 湊編	現代アイヌ文学作品選	川村 湊──解
上林暁	白い屋形船｜ブロンズの首	高橋英夫──解／保昌正夫──案
上林暁	聖ヨハネ病院にて｜大懺悔	富岡幸一郎─解／津久井 隆──年
木下杢太郎	木下杢太郎随筆集	岩阪恵子──解／柿谷浩──年
金達寿	金達寿小説集	廣瀬陽──解／廣瀬陽──年
木山捷平	氏神さま｜春雨｜耳学問	岩阪恵子──解／保昌正夫──案
木山捷平	井伏鱒二｜弥次郎兵衛｜ななかまど	岩阪恵子──解／木山みさを─年
木山捷平	鳴るは風鈴 木山捷平ユーモア小説選	坪内祐三──解／編集部──年
木山捷平	落葉｜回転窓 木山捷平純情小説選	岩阪恵子──解／編集部──年
木山捷平	新編 日本の旅あちこち	岡崎武志──解

講談社文芸文庫

庄野潤三
明夫と良二
解説＝上坪裕介　年譜＝助川徳是
しA14
何気ない一瞬に焼き付けられた、はかなく移ろいゆく幸福なひととき。人生の喜びとあわれを透徹したまなざしでとらえた、名作『絵合せ』と対をなす家族小説の傑作。
978-4-06-514722-1

水原秋櫻子
高濱虚子　並に周囲の作者達
解説＝秋尾 敏　年譜＝編集部
みN1
虚子を敬慕しながら、志の違いから「ホトトギス」を去り、独自の道を歩む決意をした秋櫻子の魂の遍歴。俳句に魅せられた若者達を生き生きと描く、自伝の名著。
978-4-06-514324-7

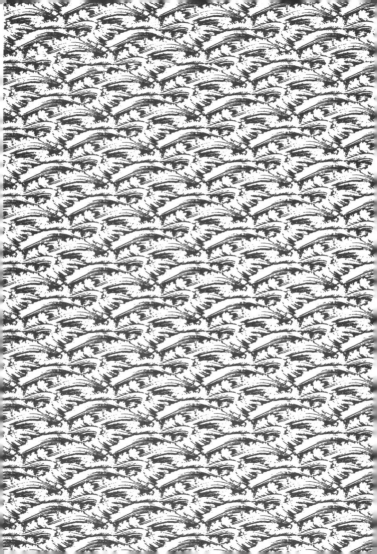